BIG JATO

A marca FSC® é a garantia de que a madeira utilizada na fabricação do papel deste livro provém de florestas que foram gerenciadas de maneira ambientalmente correta, socialmente justa e economicamente viável, além de outras fontes de origem controlada.

XICO SÁ

Big Jato

2ª reimpressão

Companhia das Letras

Copyright © 2012 by Xico Sá

Grafia atualizada segundo o Acordo Ortográfico da Língua Portuguesa de 1990, que entrou em vigor no Brasil em 2009.

Capa
Retina78

Preparação
Ciça Caropreso

Revisão
Jane Pessoa
Isabel Jorge Cury

Os personagens e as situações desta obra são reais apenas no universo da ficção; não se referem a pessoas e fatos concretos, e sobre eles não emitem opinião.

Dados Internacionais de Catalogação na Publicação (CIP)
(Câmara Brasileira do Livro, SP, Brasil)

Sá, Xico
    Big Jato / Xico Sá. — 1ª ed. — São Paulo : Companhia das Letras, 2012.

    ISBN 978-85-359-2181-6

    1. Memórias autobiográficas 2. Romance brasileiro 3. Sá, Xico I. Título.

12-11191   CDD-869.935

Índice para catálogo sistemático:
1. Romance autobiográfico : Literatura brasileira 869.935

[2016]
Todos os direitos desta edição reservados à
EDITORA SCHWARCZ S.A.
Rua Bandeira Paulista, 702, cj. 32
04532-002 — São Paulo — SP
Telefone (11) 3707-3500
Fax (11) 3707-3501
www.companhiadasletras.com.br
www.blogdacompanhia.com.br
facebook.com/companhiadasletras
instagram.com/companhiadasletras
twitter.com/cialetras

Não existia absolutamente nada. Nem mesmo o nada. E então houve este grande Big Bang. E foi daí que veio a merda toda.
Kurt Vonnegut

Sumário

Breve e perfumado prólogo, 9
1. O velho, 11
2. O menino, 19
3. Os pterossauros gigantes, 25
4. O tio, 28
5. A noiva, 45
6. Jude, 47
7. A garotinha do *Exorcista*, 52
8. Jesus Cristo, 56
9. George Harrison, 61
10. Pelé, um grito em preto & branco, 66
11. O sorriso rosa de vovô boiando no copo, 70
12. O barbeiro, 75
13. A Olivetti Lettera 22, 82
14. Ezequiel 4, 12, 94
15. Caim, 98
16. O dólar furado, 105
17. Minha mãezinha com prisão de ventre, 125

18. Cruyff!!!, 128
19. Ana Paula, 130
20. Os gringos malditos, 135
21. Camões, 138
22. Sete Misérias Infinitas, 140
23. O sétimo filho, 142
24. A privada de ouro do Vaticano, 145
25. A desgraça corrosiva, 148
26. A Espanta Velha da Foice, 149
27. O amor e a merda, 150
28. Os ácidos, 152
29. Os vaqueiros que morrem do coração, 153
30. O Menino Jesus de Praga, 155
31. Os cascabulhos, 157
32. As caveiras dos tubos e dos galões de ácidos, 160
33. A borboleta de Papillon, 181

Breve e perfumado prólogo

Aprecio deveras aquela falsa pista do camarada B. Traven, o fantasma americano perdido na selva mexicana, que dizia mais ou menos assim: "De certa forma, uma história não significa nada a menos que você mesmo a tenha vivido". Dizia isso na sua ficção *O visitante noturno*.

A história que vem a seguir também é verdadeira. Estiquei ao máximo a corda da verossimilhança. Quase no pescoço. Se falhei, coisas da vida, caro Kurt Vonnegut. Se inventei um *"pueblo"*, sorte. De hoje em diante esse lugar é nosso. É a única herança.

Tudo isso, porém, aconteceu, mais ou menos, no vale do Cariri na primeira metade dos anos 1970. Tudo isso estava muito guardado. Agora emerge por força superior. Se um homem não conta, é um homem morto.

A história é lembrada por um menino e seu tio doidão beatlemaníaco. Todo mundo tem um tio doidão beatlemaníaco.

Além do B. Traven, outro mantra nos guia na narrativa, este de William Saroyan: "Caminhou para dentro do dia o mais alerta possível". Isso nunca saiu da minha cabeça desde que li vagabundamente o conto "O jovem audaz no trapézio voador". Não faço a menor ideia do que ele quis dizer com isso. Tampouco há um diálogo literário com tal frase. Nada. Foi só uma frase que nunca me saiu da cabeça e quando surgiu, nas ações e nos pensamentos do Velho — ao que tudo indica o personagem principal desta pícara aventura —, eu não fazia a menor ideia da origem. Por sorte, abri nessa justa página o Saroyan outro dia em um sebo.

O motor do Big Jato, barulhento como as dores de uma terceira venérea, deu a partida.

1. O velho

Pensando bem, o velho nem era tão velho assim, apesar de corroído por esta ferrugem que torna um filho de Deus aparentemente mais enfezado do que o outro.

À primeira vista, os buracos dos olhos do velho eram tão profundos quanto a ilusória superfície dos copos engana-bêbados nos quais emborcava a sua aguardente. Óculos verdes fundo de garrafa, iguaizinhos ao para-brisa do Big Jato, envidraçavam ainda mais o horizonte. Treze graus de miopia e astigmatismo no lado direito, doze no canhoto.

Mais de resmungos do que de fala, o velho descia a lenha nos semelhantes. Nesta cota incluía as criaturas mais rasteiras e pré-históricas. Lagartos, lagartixas, bicos-doces, tatupebas, lobós, tejus, cascavéis, preás e toda uma sorte de répteis. O que porventura surgisse no seu rumo virava topada prenhe de desaforos e sermões.

Quem não reage, rasteja. Era o lema.

O velho acreditava no barulho dos maldizeres, aí a vida ganhava um sentido mínimo, aí fazia-se a luz, sua própria labareda bíblica, o fulgor, o barato.

Com o atrito de uma pedra em outra, acendia seu fumo. Tudo era brutalidade e faísca. Um paiol na beira da estrada, o velho era um espantalho capaz de desencorajar todos os pássaros, hordas de famintos e rapinas que se arvorassem a bicar suas roças em rebento de seca verde.

Falava-se em seca verde quando chovia apenas para esverdear o mato e pronto, chuva ilusória para os olhos, incapaz de tirar do chão qualquer cereal ou proveito.

Na seca verde, o velho comia barro como uma criança, como eu havia comido, comia e vociferava, vomitando o barro antes que descesse todo goela abaixo.

Se é infértil aqui em cima, que pelo menos fertilize as lombrigas, elas gostam de terra, de infância, delirava o velho.

Ouvia-se o escarro do velho ao longe. Era um dos seus modos de provar que estava vivo, de mostrar que se aproximava e principalmente de revelar que sua tolerância já havia sido gasta com a humanidade inteira naquele dia que mal começara.

Como é difícil se ajustar dentro de um dia, o velho às vezes pensava.

Entro ou não entro.

O dia é uma roupa nova mal cortada.

O horizonte tem zíper ou botões?

As vestes eram maiores que o defunto. Camisa que não cobre o braço, calça pega-marreco. Indumentária de quem vai fazer exame de fezes ou vai para um casamento. Todo orgulhoso da merda.

O dia é tudo isso, jogava no ventilador o abençoado sopro do Criador, a aragem divina.

Para entrar num dia, pensava e pensava, é preciso amolar sonhos na mesma pedra azul que afina as lâminas das facas e das foices.

O dia não é uma página.

O dia não é sequer um diário.

Quando a gente consegue enfiar a primeira perna dentro, ele já vai tarde. Um dia é para répteis calangos e camaleões. Para quem muda de cor. Talvez seja mais adequado mesmo para quem rasteja sem horizonte à vista.

As reflexões matinais do velho emperravam no cocoruto. Motor engasgado por sobra de gasolina. Eu juro que era capaz de ouvir o inútil vrummm da ignição cerebral. O velho preferia não refletir, mas era tarde. As ideias já haviam virado galos de briga no poleiro sem futuro da manhã. Tudo isso, esses galos, por exemplo, eu tinha ouvido do velho um dia. Por isso era fácil saber o que ele estava pensando.

Pior, dizia ele, era avistar homens agachados na frente das suas casas mirando o nada. Me proibia de ver a cena, tapava meus olhos. Talvez fosse inveja da lentidão lá fora.

Um homem de verdade tem que saltar para dentro do dia, senão o dia o engole como uma sucuri devora um boi.

Eu amava o velho sobre todas as coisas, mas aquela criatura era assombro, não nego. Dentro e fora do nosso rancho.

Menino não quer dormir? O velho enferrujado vem pegar.

Tal criatura era malfazeja também com os mais crescidos. Deu praga na lavoura ou peste bubônica nos humanos? Foi maldição do velho. Ele dividia com a mãe-da-lua, ave mais agourenta do que um corvo, quase todas as desgraças do pedaço.

Havia motivos de sobra para turbinar a imaginação de crianças e adultos. No rancho, admito, até seus filhos o estranhavam. Corria léguas como um cavalo solitário cujo caubói ficou para trás, abatido na poeira do faroeste. Parecia desenho do gibi do Tex. Em sua desembestada correria, blasfemava contra Deus e o sol de duzentos e vinte volts, ovão insosso estrelado no infinito.

Eu também não presto nem para adubo nem para estrume, voltava-se contra si mesmo. Ao entornar a primeira bagaceira do dia, o velho resmungava, quase incompreensível para todos nós ao redor da mesa:

"Na ira, rasgar à faca ou foice o bucho dos céus, desejo antigo, para fazer descer a tempestade."

Compreendíamos como uma raiva qualquer do mundo. Talvez tivesse outro sentido. Não era trabalho nosso decifrar aquele rosário de pragas, blasfêmias, mantras e orações em forma de aboio ou cantiga. Quando ele amanhecia assim, não tinha jeito. Só amansaria com açoites de ramos de urtiga sobre o próprio lombo, dor que aprendeu a aplicar com a Ordem dos Penitentes de Barbalha. O velho se batia até perder o sentido da carne.

— Possuído! — Nossa mãe se benzia sob o cheiro de cominho da janta e o vapor das panelas de ferro que encobriam seu rosto.

Nosso pai engolia o cuscuz com cabrito em suado silêncio, ombros ainda com veios de sangue.

— Possuído!

As sobrancelhas do velho pareciam mato de beira de caminho chamuscado nas queimadas para novas plantações: as brocas, as coivaras sobre as vistas, às vezes ainda em fogo como gambás estrebuchando nas labaredas. O nariz do velho fazia sombra gigante na parede quando ele enfiava a cara no prato de cuscuz com cabrito. A pimenta, quase um pé de malagueta a cada almoço ou janta, tingia seus olhos da cor do urucum da panela.

Nesse instante, eu gostava de acompanhar o movimento das réstias quando o motor da luz elétrica encerrava o expediente. Depois das oito da noite, a iluminação era apenas dos candeeiros e lampiões a gás.

Quando minha mãe esquecia de prender os cabelos, a sombra fazia da cabeça dela a copa de uma árvore gigante, como o pé de benjamim da frente de casa.

Às vezes ríamos, às vezes ficávamos calados como calados estávamos — faltava-nos ânimo, praticamente já entregues à vontade de Morfeu, que nos punha a dormir antes das galinhas no poleiro.

— Não solta nem uma palavra!? — Nossa mãe atiçava o silêncio do seu homem entregue à comida e, quem sabe, ainda entregue a devaneios, arte que ele não admitiria jamais. Era metido a muito consciente.

— Fala, miserável! — ela insistia.

Mesmo já entregues à pescaria do sono, ainda havia tempo para um riso em coro da criançada. Um riso meio para dentro, um riso medroso, mas um riso.

Sob a lua nova os cachorros do rancho acuavam um senhor de bicicleta que passava pontualmente às oito da noite, muito tarde para nossos sonos galináceos. O mesmo senhor, com pedaladas asmáticas, retornava sempre no primeiro minuto da madrugada, quando os cães nos acordavam de novo com uma barulheira de apocalipse.

Tratava-se de Antônio Passos, criatura vizinha do sítio Silêncio, viríamos a saber muito tempo depois; não um lobisomem, embora evitasse as testemunhas solares. Viajava léguas diárias para ver uma moça com quem mantinha conversa, sem nenhuma intimidade física, por quarenta anos. Mãos sobre mãos era o máximo da profundidade e do carinho, contava Marivone, nossa tia costureira.

Certa noite tomei uma garrafa de café e, qual um tetéu, fiz disfarçada sentinela e esperei Antônio Passos acordado. O tetéu, bicho de beira d'água, possui espinhos debaixo das asas que não permitem que ele durma nunca.

Queria ver o viajante noturno pela brecha da janela. Sua sombra gigante chegou antes dele, refletida no chão do terreiro, o panamá que andava na frente da lua cheia, depois o homem, todo de branco, bigode à Santos Dumont, pedaladas cada vez mais resfolegantes. Foi tudo que consegui guardar na vista. Em segundos estava distraído com a trajetória cadente das estrelas.

Nossas noites de menino pareciam sempre as mesmas, inclusive com a passagem do senhor da bicicleta.

Nossos dias, porém, eram todos diferentes, e uma única coisa me interessava: estar na boleia do caminhão do velho, quando eu sentia que a fala dele era cagada e cuspida como o ronco do motor do Big Jato subindo uma ladeira, quando eu sentia que havia saído à semelhança:

— O papa também faz, papai?

— Sim, filho, como João Pé de Pato, como qualquer um lazarento cá do nosso mundo.

— Jesus Cristo não, né, pai?

— Creio que sim, mas há controvérsias.

— Contro...

— Melhor parar por aqui, bruguelo, não me meta em enrascada com o filho do Homem.

— Controvérsias?

— Sim, filho, vê se te azouga, deixa de ser leso.
— E os Beatles?
— Ô filho, o conjunto acabou faz quatro anos, já lhe disse mil vezes.
— Mas o senhor faz um estirão para ouvir os *cabelim pastinha* no rádio...
— A estrada vazia me faz pensar que o deserto, de tanto se repetir, vai acabar virando a eternidade, filho.
— Eternidade...
— Gravações, filho, vê se não perde palavra à toa para o vento.
— Gravações?
— Deixa de ser tonto, filho, te alui, te bole, tudo o que ouvimos agora são apenas gravações do passado, fitas cassete, *long-plays*, vozes, espíritos...
— Tá certo, pai, eternidade, assombrações, o que mais?
— Como abelhas que zumbiram nas antigas, nos enxus do mato e nas colmeias dos cortiços do teu avô, infeliz.
— Agora entendi.
— Peste.
— Vovô disse que já criou tanta abelha nos cortiços dele que na sua conta daria uma para cada pessoa que tem sobre a Terra.
— Tudo a mesma desgraça.
— Um ataque de abelhas-africanas é capaz de matar um homem.
— E o homem?
— Não sei.
— Tão bonzinho, o homem. A começar pelo teu avô!
— Vovô...
— Vovô, vovô, *vozim*...
— Você não sabe me imitar, pai, não falo assim.

17

— Esse vovô te bota a perder.
— Me deu dois borregos de ovelha.
— Esse vovô, se brincar, rasga dinheiro e come merda.
— Pra gente vender quando engordarem.
— Pois diga a ele que lá em casa ninguém está passando fome nem precisando da caridade.
— Foi meu aniversário.
— Dos meus filhos cuido eu.
— Repara na rodagem, pai, olha a curva.
— A curva é que dá o sentido da chegada.
— Pai, faz tempo que os Beatles morreram?
— A reta é sono, é previsível, nada diz em uma viagem.
— Os Beatles, pai, quanto tempo eles morreram? Acorda!
— No dia 9 para 10 de abril do ano da graça de 1970, pelo que bem me recordo, afinal de contas é o meu aniversário.
— Desastre de carro ou de avião, pai?
— Nem por baixo nem por cima, filho.
— De quê, então?
— Como as cigarras, filho, cansaram.
— Olha o tronco do tamboril, pai, freia!
— É, creio que foi no dia do meu aniversário.

Tarde demais para advertir sobre o tronco gigante que enfrentaria o Big Jato. Infinitamente maior, àquela altura, do que o do baobá do *Pequeno príncipe*, que eu acabara de ler na escola. Se o essencial é invisível aos olhos, só meu pai sai ganhando. O velho não enxerga nada. A desculpa é que teve sempre uma ilusão de ótica.

Três para-brisas estilhaçados na batida no tronco do tamboril. O do caminhão e os dos nossos óculos verdes fundo de garrafa.

Ilusão de ótica.

2. O menino

DIRIGIDO POR MIM, GUIADO POR DEUS. Quando eu subo na boleia, sempre penso: não sou um nem o outro, como está escrito no para-choque.
Sou ainda o nadinha de nada.
Estou do lado direito. O de camisa volta ao mundo verde-clara. O de chapéu é o meu velho, o que dirige o Big Jato. Repare no chapéu, mais enterrado para o lado esquerdo. Ele passa o tempo esticando mais ainda, um vício, o chapéu para esse lado do coco.
Meu pai!

— Nove, 10 de abril, gravado, de 1970, abril, o mês da mentira, nove a camisa do Tostão, dez a do Rei, setenta do tri na Copa do México, Estádio Jalisco, Guadalajara, Guadalajara, Guadalajara!, como na música do Elvis... — Agora já decoro tudo que escuto no rádio.
— Isso é que é filho, no alvo, na mira do doze, na cabeça do patinho do parque de diversões, chumbo, fogo, o resto são esses meninos criados por aí como Deus criou batatas.

— Pai!
— Diga, filho!
— Como se chama quando uma coisa importante acontece na mesma data de outra coisa muito mais importante ainda?
— Você quer dizer coincidência, filho?
— Justo, pai, o seu nascimento e a morte dos Beatles.
— Não foi por isso que eu comecei a gostar dos *cabelim pastinha*, como você chama. É coisa de... Lembro de você brincando com o acordeom uma tarde.
— Aquela sanfona velha que não toca mais guardada no sótão?
— Mas que importância tem esse teu velho, que fede a merda e óleo diesel?
— Ah, pai...
— Você brincou com o acordeom e veio uma zoada, sem querer, que mais parecia uma música de insetos que adivinham tempestades, eu estava bêbado e chorei por umas duas horas.
— Qual era a música, pai?
— Não era bem uma canção, era o amontoado, os barulhos que tomavam conta daquele dia, redemoinhos de terra vermelha, bichos agoniando o juízo, como o enxame na lâmpada antes das chuvas.
Sxrungshrrshh. O velho passa a marcha e o caminhão, com o tanque cheio de merda até a tampa, geme na ladeira como um homem velho à beira da morte em um sítio isolado e sem remédios.
— Sxrungshrrshh!!!

Meu pai tira "Yesterday" no bico, quando está muito alto, voltando para o rancho com as botas velhas pedindo água, meia-sola, dedões a saltar do couro e a atolar-se no acelerador do fenemê azul-marinho.

"Yesterday" é a única que ele sabe assobiar pra valer. Essa também... até o João Pé de Pato tira do vento, pai.

João Pé de Pato é o mesmo que João Remexe-Bucho.

— Às suas ordens, também conhecido em todo este vale afortunado e seus derredores incertos como João Sputnik ou João Apolo 9 — é o que diz o próprio. — Em que esta humilde criatura, pequeno ponto negro retinto do cosmo, pode servi-lo?

João Pé de Pato, mais negro que todos os assuns pretos que pousam nas estacas crepusculares do nosso caminho do rancho, fazia réplicas de foguetes, cápsulas e naves famosas. Tanto soviéticas quanto americanas, como explicava ele mesmo aos pequenos ouvintes cativos *buchudinhos de lombrigas*.

João agora faz os aviões de papelão mais incríveis do planeta enquanto repete uma coisa sem fim o dia todo:

— Um pequeno passo para um homem, mas um gigantesco salto para a humanidade!

João Pé de Pato, como é mais digno chamá-lo, é um homem gordo, baixo, enlarguecido pelo tempo, pés para fora, como os da ave homônima, sem mistérios.

Faz caretas com o rosto e manobras com o bucho, umbigo caroçudo em forma de ameixa, balançando a barriga para um lado e para o outro, como se a enorme pança fosse sair do corpo, um artista. Toca canções tristes com aquele plástico que envolve os maços de cigarro sobre um pente. Ajusta o plástico em cima dos gomos do pente e toca boleros, guarânias e blues — meu tio, que vocês não conhecem ainda, assim classificou os tipos de músicas.

O meu velho assobia "Yesterday", mas não sabe cantar nada. Nem por esmola. Fica lá fingindo, embroma, rumina o seu capim da leseira no canto da boca, e quando reparo o velho acelera

o Big Jato para encobrir voz e vergonha com a guerra do cano de escape.
Sxrungshrrshh.
Ele quer me iludir que sabe até alguma coisa de inglês.
Quando está bêbado de verdade, meu pai canta numa língua mais estranha ainda, bodejos de Pentecostes, como na Bíblia, rosto iluminado, selvagem, diz o tio classificador de barulhos. Parece saído de um daqueles filmes da Sexta-Feira da Paixão, Semana Santa, fita velha, encardida do cinema daqui de perto. Na verdade parece Moisés, abrindo as águas, imagino o velho caminhando sobre o açude aqui do Penedo.
Talvez nem exista tanta mudança assim de meu pai sóbrio para meu pai bêbado. Deve ser apenas corda que engulo da minha mãe — ela cospe fogo contra os porres, os roncos e resmunga, até contra os silêncios mais esticados do marido.
— A casa precisa sempre da voz de um macho para espantar os mal-assombros — diz. — Do pai de vocês até as telhas clamam por uma oração que seja, um bendito, um alvoroço.
Eu não entendia a queixa. Para mim, o velho era a nuvem de todos os besouros do mundo, de tanto som jogado fora, ela que andasse na boleia ou o seguisse mato adentro pela trilha dos resmungos.
— Se não fala para o seu lar, se não chega com uma coisa dita às telhas, como alcançar as oiças de Deus, criatura? — Nossa mãe de novo, reclamona ao infinito. — Não confunda, criatura, dizer o bendito com o ronco de um motor ou de um homem que range por dentro e se açoita feito uma besta selvagem.

De qualquer maneira, meu pai cantando, seja que música for, valsa, foxtrote, twist, forró, mazurca, um bolero de Bienvenido Granda — el bigote que canta, seu predileto aos domingos —, soa tudo, não importa o ritmo, como se fosse aquele grunhido que estremece o rádio quando alguém muda rapidamente as faixas, zrunkhdzeudtfshy, ainda mais um rádio de carro com a sintonia sumindo no vento da subida de uma chapada.

Só de meu pai conseguir assobiar é uma imensa vantagem. Normalmente ele só rosna, grunhe, escarra, bale.

Zrunkhdzeudtfshy, como se fosse alguém nervoso a estralar os botões do rádio para ouvir as emissoras do estrangeiro, a BBC e os comunistas de Moscou em suas transmissões para lugares perdidos nos mapas.

O velho no comando do volante e do motor-rádio tenta sintonizar as emissoras nas ondas curtas e ao mesmo tempo escapar, no laço do volante, qual um vaqueiro, da buraqueira da rodagem.

Diz que é bronca pequena, mas só eu sei como volto para casa; trepidações no juízo de tanto bater o coco na boleia, caveira desmontada na base do ossobuco ferido pelas molas do assento.

— Duvido que a cachola tenha ficado mais desparafusada do que já era — minha mãe responde quando me queixo durante a sopa de feijão à boca da noite.

— E o Pelé, papai, também faz?
— Como o pior perna de pau da várzea, filho.
— O Bruce Lee também, papai?
— Até o mais enfezado dos samurais.
— O presidente faz, papai, o Garrastazu Médici?
— É o único gesto civil dos generais, filho.
— E aquela loira do cinema?
— Qual delas?
— A que se joga da ponte.
— Seguramente, filho, as mulheres bonitas fazem mais merda ainda, mas demorei a acreditar nisso.

— O padre do *Exorcista*, não, né, pai?
— Como qualquer um do mundo dos vivos.
— O Marlon Brando faz?
— Acho que vai chover, filho, repare nos besouros no para-brisa.
— E o doutor Smith, pai, do *Perdidos no espaço*?
— Como um pombo das galáxias, filho, é bom andar sempre com a cabeça protegida aqui por baixo.
— E o Bonanza? E o Raul Seixas? E o Beto Rockfeller?
— Danou-se, filho, agora foi merda nacional e estrangeira para tudo quanto é lado.

3. Os pterossauros gigantes

"Um sertão no fundo do mar, no Período Cretáceo", dizia a professora, dona Heroína, a voz cada vez mais longe, agora apenas como um veludoso eco de locutor interiorano no rádio. Deslizo por uma cacimba estreita, uma mão de macaco me afoga, mergulho macio como na hora da morte, quando escuto de novo, da era mesozoica, da era mesozoica, da era mesozoica, mas já não reconhecia a voz da professora Heroína, tal como uma agulha que empaca no vinil, no disco, mesosososozoica, mesozoica, mesozoica, agora som de peixe que ensaia gritos dentro de um aquário sem farelos nem luz, sessenta e cinco milhões de anos aproximadamente... uma voz de peixe se afogando, se é que isso é possível.

O peixe morde o vidro do aquário, monstros acalmam os estudantes, a professora espirra outra vez, o giz cai de sua mão, a mão que estava incriminando as pobres crianças indefesas que grudavam chicletes rosa, quase brancos, entre as páginas da Bíblia na aula de religião, a mesma mão dos dedos longos de caveira recente que explicavam, ainda com carne dependurada nas articulações, tudo sobre falange, falanginha e falangeta.

* * *

Só acordo do pesadelo no toque final da sineta da escola, os colegas ainda tentando entender como aqui mesmo onde moramos havia sido uma terra de pterossauros, não pterossauros comuns, pterossauros gigantes — quase dormi de novo com essa história que nos faz naturalmente sonâmbulos neste meio-dia grudento de quarenta graus à sombra.

Muitas vezes apenas o toque final me devolvia dos ares à terra. Nem sempre estava entregue aos sonhos ou pesadelos, às vezes somente voando, leso, suspenso do chão dos homens como a menininha do filme O *exorcista*.

Vivo nos ares, diz minha mãe, quando quebro mais um copo na cristaleira, quando o prato de sopa desaba no cimento vermelho da sala ou quando deduram o meu estado de espírito que vaga na sala de aula.

— É um poeta — diz meu irmão geniozinho em matemática. — Um condoreiro, coitado.

Consigo me concentrar apenas no serviço sujo do meu pai, minha mãe se enfeza, o mundo não é uma boleia, e me faz pedir uma bênção, voz ecoando na cumeeira, ao Menino Jesus de Praga, para quem rezamos desde os cueiros, desarna, traste, te alui, acorda pra cuspir, criatura de Deus, acorda para Jesus, dizem os seus olhos de Coração de Maria.

Minha mãe jamais me perdoará pelo recente desmaio em cima das botas de um soldado do Exército durante a visita do presidente da República Emilio Garrastazú Medici, à nossa terra. Cerimônia para anunciar obras de rodagem que ligariam a chapada do Araripe à Transamazônica.

Transamazônica, que nome, Transamazônica, saio repetindo, se um dia tiver uma filha, já sei, Transamazônica.

A estrada da integração nacional, como a professora repetia nos ditados da escola. Lá tem índios. Eles não acreditam em Deus, rezam para o sol, para a lua e para uns bichos da água.

Minha mãe preparou ovos *à la coque*, quase crus, com sal e pimenta-do-reino, eu fiz que engoli e cuspi lá fora, no oitão da casa. Sem sustança e com a eterna leseira, era fatal o desmaio previsto, puf, escurecimento de vista, arriei na bota do militar camuflado como a floresta. Bem feito, quem manda não obedecer às ordens maternas?

A professora acudiu. Achou que era a crise, mas eu não tremia, não era a batedeira, simplesmente desmaiei.

4. O tio

Sou irmão gêmeo do cara, e esta também pode ser a história de um homem que ganhou a vida e fez fortuna com aquilo de que a humanidade mais tem nojo e despreza. Uma edificante e honesta saga de trabalho, de coragem e, poderíamos até dizer, de integração do ser humano à realidade cósmica primordial.

Houve uma leve pulverizada de sorte de algum deus sobre a existência desse homem. Não o bastante para reduzir seu mérito, claro, talvez tenha sido apenas o sopro de um raro espírito do bem que vagava, distraído, por estas paragens. Em outras encarnações, é o que dizem, esse homem que ganhou a vida e fez fortuna com aquilo de que a humanidade mais tem nojo e despreza deve ter sido um daqueles mendigos leprosos de quem são Francisco lavou as perebas.

Pelo barulho maluco que faz, sem que a maioria das pessoas dessa localidade o entenda, deve ter sido uma mosca-varejeira, dessas bem nojentas ou até mesmo um rola-bosta, aquele escaravelho chegado a fuçar fezes humanas. Cuida da porcaria como quem zela pepitas de ouro. Especula-se também que meu irmão teria sido, em outras encarnações, um solitário pastor de ovelhas em montanhas mais frias do que os congeladores das sete geladeiras deste nosso povoado. Ou, quem sabe, um perfumista, logo se vê por sua napa gigante, que ainda hoje vive fungando para sentir os cheiros e fedores do mundo.

Por que não? Nossa família é proprietária dos maiores narizes deste vale. Existe quem diga que também são nossas as maiores orelhas, mas há controvérsias. Uns dizem que somos cristãos-novos, por causa dos sobrenomes de árvores e animais. É tudo que sei sobre ser judeu-forçado, se é que somos à vera.

Quando aqui chegamos, só havia a lei do cuspe e a roda, orgulham-se os parentes mais antigos. O todo-poderoso dono das terras cuspia no chão e soletrava para os céus uns ditados, umas ordens, como um lobo que abre a bocarra para a lua e manda e desmanda na noite. Se o cuspe secasse antes que a ordem do todo-poderoso coronel se cumprisse, era o horror, fim dos tempos. As mulheres cobriam os olhos para não ver as desgraças, como hoje fazem nas cadeiras do cinema durante os filmes de guerra.

Eu até achava que os lobos eram menos mandões quando uivavam antigamente para o infinito, até que um tio-avô nosso, caçador dos melhores, Aristides, encontrou aqui neste mesmo vale o resto de um lobo, um lobo-guará, para ser mais preciso, todo coberto de estrelas fossilizadas, estrelas fossilizadas como os peixes de pedra aqui tão comuns. O bicho estava com a boca para cima, como ainda a recebê-las, como se o céu dadivoso as pingasse na língua uma por uma, no conta-gotas de Deus ou do Diabo, dependendo da preferência do sujeito.

Essa história levou toda a nossa família a ter sonhos estranhos, menos o irmão do Big Jato, que se orgulha de vestir um gibão de couro, daqueles dos melhores vaqueiros, cangaceiros ou samurais, à prova de alucinações, como ele define o que vem das nossas pobres mentes. Não comunga de histórias como essas.

— Nunca o endoidamento será o meu forte — diz ele, meu irmão, orgulhoso. — Não sonho, não como merda e não rasgo dinheiro. Pesadelo já tive vários, pesadelo é filme de terror sem precisar pagar o bilhete.

Ê, irmão maluco.

Qualquer dia gravo seus discursos de bêbado em uma fita cassete, para ele ter uma ideia do quanto é louco e não foi avisado. Fica possuído, o infeliz, mas pelo menos fica muito mais compreensível para todos nós. Sóbrio, carece de todas as legendas e explicações do mundo. Praticamente não fala sem o fogo da aguardente.

Aqui nem o cemitério zela pelos assombros aos montes. Mal os infelizes descem os sete palmos de terra a que têm direito e já partem para outros mundos. Os vermes reclamam de tal rapidez. Os tatupebas, conhecidos comedores de defuntos, idem, nem fuçam com esmero e só avistam a subida do vulto azul e o latido do cachorro na beira da cova.

Quem vai aguentar este calor da moléstia, que faz com que a gente nunca saiba quando está acordado ou sonhando mesmo? Melhor o limbo. Quem vai aguentar as poucas e repetidas conversas com finais incertos? Nunca ouvimos alguém aqui conversar de começo, meio, fim, uma fala inteira. É só fiapo de fala. Nada tece.

O erro desta terra começa pelo nome. Cada geração chama de um jeito.

Outro dia, por influência dos gringos que vêm em busca dos fósseis, apareceu um prefeito que sugeriu uma maneira desta aldeia se tornar famosa em terras estrangeiras: mudar o nome para

Santanaraptor, como os cientistas chamam nosso orgulhoso conterrâneo dinossauro cujos restos petrificados foram parar em um museu da Inglaterra.

Só meu irmão, o homem que ganhou a vida e fez fortuna com aquilo de que a humanidade mais tem nojo e despreza, guarda um certo encanto por este cu de mundo.

O velho e o João Pé de Pato, nosso astronauta de papelão e brinquedo. Eles também amam isto aqui. Está no jeito que pisam sobre o chão, observo. Pisam de cabeça erguida e com certo orgulho.

Sabe de uma coisa? Sertanejo forte é aquele que parte sabe Deus para onde. Não o besta que fica com as chagas cobertas de moscas-varejeiras ou rola-bostas por uma vida tão devagar e arrastada.

Daqui seguem todos os dias paus de arara e ônibus; despejam longe as criaturas, os nossos homens, as nossas mulheres. Vade retro, que não retornem jamais. São criaturas esquecidas até por seus cães lambedores de feridas. Até Maria Caboré, no seu pouco juízo, tem vontade de partir e não pode.

Para o meu irmão é diferente. Nasceu com uma estrela pregada com resina de tamboril na testa. Ele que não me ouça. O último que falou para ele, de corpo presente, que era mesmo um homem de sorte tomou uns sopapos, e ainda hoje está procurando o rumo das ventas.

O homem odeia a palavra "sorte" em todos os sentidos. Quando ouve alguém dizer "sorte na vida", o sangue esquenta-lhe as veias do pescoço, o fela vira uma mãe-da-lua, um gato-do-mato, um cachorro selvagem, um lobo-guará, um guaxinim, um gavião, um carcará que não desperdiça o bote.

— Sorte é desculpa de vagabundo — grunhe, já com a mão esquerda, é o único canhoto da família, pronta a luzir nas fuças inimigas. — Boa sorte sou eu, magote de renegados.

Ele não acredita em nada que não seja o seu suor banhando o mundo.

— Boa sorte sou eu, boa sorte sou eu! — sai berrando na boleia do Big Jato. — Um homem de verdade volta para casa todos os dias com a camisa grudada no peito com o visgo da honra — diz.

O valor do trabalho é seu assunto, solta mil frases, lábia tamanduateística, quando bêbado, óbvio:

— Uma criatura que se despede do sol e retorna para os braços da mulher com a camisa branca e limpa não merece ser chamada de homem nem sequer de marido; não honra as leis mínimas dos vaqueiros de Deus sobre a Terra. Melhor ser bicho e esperar a segunda viagem da arca de Noé, que não se demora.

Ouvi tal sentença do desalmado repetidas vezes. Isso não me incomodava, embora arrancasse gargalhada de Rose, minha quase digníssima, a única mulher com quem estive a ponto de derrapar na sagrada e lamacenta curva do "até que a morte os separe".

Pode não haver a mínima relação com a tentativa pública de me humilhar na frente da minha ex-futura mulher e dos vizinhos, mas desse dia em diante nunca mais vesti as camisas brancas que tanto apreciava. Muito menos pensei em casamento.

Aquele suor todo descrito pelo homem do Big Jato me afogou mais ainda em um mar de preguiça, dilúvio do ócio e da leseira, marzão de sestas e sonhos que traziam de volta o sei-lá-o-quê da infância.

Acho que a gente vai à cova, justíssimos sete palmos, dando conta desse tempo. A infância. Todo homem morre com doze, treze anos. Aqui jazz. Daí em diante sobra apenas a miragem do menino que nos dá pitus, arrodeios, balões, dribles e mungangas, como um Garrincha que parte da linha divisória do cérebro e brinca de bola com a nossa própria cabeça, faz que vai e acaba fondo, como diz o narrador de futebol da pilhéria.

Sorte quando ainda sonhamos com o menino, o juízo e as estradas dos piolhos no cocoruto.

O barbeiro daqui chama tais rodovias capilares de caminhos de ratos. O resto é poeira nos olhos e carrocerias que limpam a paisagem humana desta aldeia sem futuro. Tomem prumo, bestas ciganas. Não ficará ninguém para contar nem o meio, quanto mais o fim, dessa história sem sentido.

Não vai sobrar um só nariz para guardar a poeira que poderia ser investigada no futuro por essa gente da ciência.

Acompanho de perto os feitos memoráveis desse meu irmão de sangue, meu irmão gêmeo, o homem do Big Jato. Mas não tão de perto assim. Em alguns momentos é recomendável certa distância técnica do seu serviço. Merda fede mesmo, até a merda de Áurea, Aurinha, a herdeira mais rica e perfumada da cidade.

De alguma forma, porém, nunca o perco de vista. Além de irmão, família, sou um desses caras que adoram testemunhar os outros trabalhando duro. Praticamente um espectador, um voyeur do suor alheio. Aprecio, sou chegado a esse exercício.

Não tem gente que gosta de ver os outros fazendo sexo, como vi outro dia em uma cena no cinema? Pois eu gosto de vê-los dando duro, os doze trabalhos de Hércules, aquelas caras de sofrimento, de quem nunca vai conseguir levantar a viga, os homens degradados por causa de Eva, que levou Adão para o inferno da eterna lavagem de roupa do Paraíso.

Aqui é assim: para cada homem na suadeira, tem dois espiando de braços cruzados. Sou sempre um desses últimos na tocaia, na vagabundagem. Não nasci para escravo.

Sábio, meu irmão copiou o Big Jato, mas só o batismo, a marca, de um serviço idêntico que viu em Juazeiro do Norte, cidade grande conhecida como a Meca do Cariri, aqui neste mesmo vale de renegados. Mas há controvérsias, diz ele, sobre o tal nome. Canso só de pensar em ir atrás da história verdadeira. Largo, deixo como lenda no acostamento da memória.

Eis uma coisa que me cansa horrores: a busca da suposta realidade e suas provas. Esquece. Meu irmão sempre foi de viajar muito, e todo viajante é um mentiroso nato. Quem sai de casa mente. Que homem de boa-fé desperdiça uma viagem com pouca coisa para contar na volta? De que terá valido a viagem se não for para voltar com uma carrada de mentiras?

Assim foi fundado o turismo.

O certo é que um dia, em um de seus estirões, meu irmão chegou ao Recife. Nas suas andanças, sempre farejava algum negócio que o pudesse tirar da lama. Foi lá, no bairro de Afogados, perto da ponte Motocolombó, que ele viu um Ford cinquentão no ramo dos limpa-fossas. Era tão bonito a seus olhos que mal algum fazia a seu olfato. Seguiu o caminhão, foi testemunha de serviços completos, em casebres, mocambos, viu de tudo um pouco. Deixou o caminhão ir embora e se aproximou dos moradores, já cheio dos inquéritos. "Me diz quanto foi, meu amigo", blefava, "preciso também limpar a fossa do bangalô" etc. etc., o mesmo palavrório esperto de nascença.

Assim, no riso, no agrado e na cachaça a cada taberna, no cigarro a cada barraca, a cada fiteiro, apanhou as informações necessárias do negócio sujo. Só saiu de lá quando as graúdas muriçocas da beira do mangue o expulsaram.

O irmão adora narrar suas espertezas quando está de pileque aos domingos. Sóbrio, é todo gemedeira sem assunto, como sabemos. A cachaça lhe faz o milagre de borrar os resmungos trancados e soltar a palavra viva que se bole da boca para dentro. Não conta nada diretamente a mim, é claro, sou cheio de perguntas. Ele detesta. Escuto as histórias sempre de terceiros, terceiros de extrema confiança, cidade pequena à prova de mentiras que durem mais do que uma semana entre o quebra-molas da entrada e o "volte sempre" da saída. Como se alguém desejasse, em sã consciência, voltar um dia a este cu de judas.

Em uma coisa, porém, dou-lhe o braço a torcer. Noves fora a sua contação puxada pelo álcool, ele tem faro fino e vai longe com suas ventas de vira-lata caçador de novidades. Caça novidades como um cão pé-duro farejador de tatus.

Sim, dou-lhe o braço a torcer. Meu irmão fuça e vai até o progresso, sempre foi, essa é a sua grande e permanente e contraditória viagem. Um cascabulho pré-histórico com faro para a coisa moderna e para os motores que movem o globo terrestre. Ele sabe que esperar que o progresso chegue neste fim de mundo é desengano na certa. Melhor deitar no leito e palitar os dentes à espera da velha corcunda da foice. Nem quem depende dela, da tal velhaca caveirosa e traiçoeira, arruma para o sal neste miserável desterro.

Repare como anda Augusto Boa-Morte, outro parente, como quase todos os molambos deste fim de feira. Primo legítimo, mais lascado que maxixe em cruz, como autopragueja no maldizer contínuo o traste. Augusto Boa-Morte, um nostálgico até no apelido óbvio que lhe deram, sonha com nuvens de bandoleiros. Quando a poeira abaixa, uma pena, não há sequer um morto nas suas fuças. Delírio da cachaça.

Costuma matar a saudade desse dito seu tempo, como se fosse um cemitério particularíssimo, no cinema. A cada assassinato de um índio americano, ele urra, vibra, chuta e esmurra o espectador da cadeira em frente. Por vezes acha que as mortes do Velho Oeste lhe renderão gavetas cheias da prata.

— Comércio de corno, esse de empacotamento de gente — berra, entre sonâmbulo e zureta, acordando vizinhos que dormem os mais justos sonos. — Nem o cólera, a gangrena, a caxumba que desce para os bagos, a terçã, a espanhola, a tuberculose, o empanzinamento, a febre do rato, a solitária, a icterícia. Nem Deus nem os homens de carne e osso tiram mais a vida de ninguém nesta beira de mundo. Se não fossem as intrigas por terra e os crimes de honra, viva os honrados cornos!, eu estaria falido — discursa alto na volta para casa.

Basta uma breve marcha a ré no calendário e esperar que a poeira dos dias assente, para lhe dar a razão que merece:

— Nem as mortes por encomenda acontecem mais — resmunga o fela mascando fumo. — Cadê os homens corajosos? Desinventaram a pólvora ou estão matando além, muito além deste vale de lágrimas? — Cospe fora aquele sumo negro.

Só de índios cariris foram mais de vinte mil mortos aqui nos caldeirões do Crato. O solo com fastio de vermes e maldades talvez não suporte mais adubo humano, pensa melhor, repete uma frase alheia de cuja autoria a memória está borrada qual fundo de xícara de café árabe. É o único leitor de jornal da cidade. Lê com atraso de dois dias as folhas do Recife e de Fortaleza.

"Agora é matar sobre terrenos virgens e civilizados, sem cheiro, sem deixar rastro ou intriga, quase sem motivo aparente." É o que discursa também o Príncipe Ribamar da Beira-Fresca ali por perto, outro dos nossos cronistas orais, provavelmente o autor da frase bonita, essa do solo com fastio, repetida pelo primo Boa-Morte. Tem tudo para ser dele. É o estilo.

Morre-se de morte morrida vez por outra, mas um tipo de criatura que já estava morta havia séculos para os negócios fúnebres de Augusto: anjinhos de tudo, um ano se muito, ou aqueles cascabulhos que já mandaram a alma na frente, na travessia da barca do inferno, e deixaram só os caroços dos olhos debaixo destes sóis todos para alimentar as moscas que fazem morada nos seus abismos de remela. Gente cuja parentalha não torra um níquel em uma urna de dois mil-réis. Vai na rede mesmo ou no caixão da caridade da igreja. Basta um litro de aguardente para quem o carrega até a sepultura, não mais.

Augusto é da bagaceira, da aguardente, um pé de cana. Todos aqui bebem muito.

Augusto Boa-Morte diz a vida toda "Bom era no meu tempo", dá aquela cuspida seca e certeira, enquanto o Príncipe Ribamar, sempre no seu rastro, aprecia o sorvete italiano de máquina, casquinha crocante, sabor artificial de baunilha e morango, que acaba de chegar a todo o vale, inclusive aqui em Nossa Senhora de Não-sei-das-quantas, atual Pedra Lascada da Puta que os Pariu, seus lazarentos de meia-pataca, como blasfema o homem da funerária.

E se aqui chegou alguma coisa é porque já tem até mesmo nas fuças do atraso, porque nestas plagas vivemos de duas coisas: fome e espera.

— Sorvete de máquina, ave boquinhas de moças a lamber o novidadismo, munhecas a postos, testosterônicas perdições, o crime, palatos que nunca dantes haviam experimentado o geloso — prega o nosso monarquista da Beira-Fresca. — O vivente cá de nós, tal como é e ficou, é coisa só de sexo e estômago, solamente — diz de novo o Príncipe, citando um alemão poeta.

O Príncipe é viciado em leitura de almanaques.

Sim, a maconha local é a melhor do mundo, aquela das ilhotas do rio São Francisco, mas o discurso do Príncipe Ribamar da Beira-Fresca não carece da erva nas ideias fixas. Sua prosódia é imune a alterações fumaçosas ou de qualquer outra natureza.

Os doidos do vale são crânios mesmo. Como diz o irmão do Big Jato, se fazem de malucos para cagar dentro de casa, ou seja, para não se deslocarem tarde da noite até a moita.

Aqui não chegou ainda a moda de banheiro dentro das residências, como no Crato, a Cidade-Princesa. O maior luxo deste arruado beradeiro ainda é uma latrina quintal afora, lá no escuro de meter dedo no caroço do olho do sujeito.

Diversão chega fácil, circo, parque, Monga, *Jim das selvas*, Clint Eastwood, *Bonanza*, Paixão de Cristo, Raul Seixas, o quengaral eterno do cabaré, Waldick Soriano, Marlon Brando, *Último tango* — pena que com manteiga holandesa de latinha, não manteiga de garrafa —, *Batman*, *Tarzan*, novelas, *Túnel do tempo*, *O poderoso chefão*, os Corleones, *King Kong*, *Os brutos também amam*, *Viagem ao fundo do mar*, *Perdidos no espaço*...

Os homens se divertem e esquecem até de matar gente ou de morrer por coisa pouca, como insiste Augusto Boa-Morte. A culpa é da televisão, aposta com toda a convicção do universo.

— Caguei para os novos tempos. — É Boa-Morte de novo, aqui na frente de casa, inconsolável. — E quando morre é miserável, é descamisado que não gasta nem no paletó de madeira, estica a canela e vai de rede mesmo, balançando as lombrigas que teimam em não morrer com o seu dono.

As lombrigas de um lado para o outro, achando que o homem ainda está vivo, achando que foi só aguardente, e não bala ou peste bubônica. As lombrigas morrem muitas horas depois dos seus hospedeiros, algumas de tão malditas emergem no caminho dos sete palmos de terra pelos cordões da rede. A rede balança as tripas do morto. Lá dentro do homem ainda descem os alimentos. Como farelos em um aquário faminto no escuro.

As lombrigas se divertem trancadas como peixes sob olhos de crianças coladas no vidro. Os tatupebas agora escavam túneis nos cemitérios e devoram até os caroços dos olhos dos defuntos.

Daqui a pouco também serão comidos pelos caçadores dos parentes dos que se foram.

Vendeta naturalíssima e para sempre, século seculorum.

Não é porque seja meu parente, mas Boa-Morte faz uns caixões bonitos, urnas funerárias lindas, tudo moderno, coisa de cinema, coisa da Nasa. Como diz João Pé de Pato, parecem uns Sputniks, uns Apolos 11.

— Temo que os defuntos, em tal nobre e avançada embalagem, em vez da vida eterna alcancem outras galáxias — ele mesmo conclui, João Pé de Pato, decente figura. — Pra Desterro, tomara que não voltem nunca jamais, passaram a vida falando mal desta roça de almas mortas, escafedam-se nas insoletráveis nações do estrangeiro.

Foram tantos nomes postos e retirados nessa beirada da humanidade que a impressão é que cada um vivente trata o povoado de um modo. Desterro, pelo que contam, era o nome de batismo antes de virar município, a vila. De lá pra cá, foram umas duzentas alcunhas tentando melhorar o irremediável, como se os nomes bonitos dessem jeito no nada.

João Pé de Pato diz das suas, gargalha belicoso para dar um susto nos adultos e, sério como um profeta, mira o infinito à espera de um raro relâmpago trinca-nuvens.

— Meus segredos são proibidos para maiores de doze, treze anos — revela, olhão de bola de gude que só negocia a graça dos pirraias, dos meninos, sua faixa etária.

Bons eram os tempos em que fazíamos o serviço nas plantações de algodão, um sol na moleira para cada criatura, arrepios, couro e osso sobre mal-ajambrados cambitos. Cagávamos sem precisar esconder a merda dos outros humanos. Cagávamos como os animais.

Por que só os homens escondem esse ato?

Tudo a céu aberto, como se assim mostrássemos a Deus o que ele foi capaz de inserir na humanidade. (Acho que somente o bicho-homem caga escondido, trancado, cerimonioso, pelo que investiguei na zoologia fantástica.)

As galinhas no terreiro vinham com fúria e quase bicavam nossos cus em floridos botões. Os porcos, pior ainda, com seus focinhos, mal a bosta caía, lá estavam eles destruindo as belas esculturas do acaso, como dizia o amigo Bruscky.

Era a cadeia infinita. Nada se perdia naquela vida pouca que para todos afortunava, fiapo das fibras das certezas futuras.

Não havia fossas, nem ninguém falando tanto das coisas certas. As coisas se bastavam. Até as lombrigas eram bicadas pelas galinhas, como se as penosas se vingassem das cobras e dos tejus que devoravam seus ovos e pintos entre a vida e a casca da humanidade.

E a vendeta prosseguia, tiros ao longe, ordem natural das coisas.

Nesse meu modesto ofício de espectador do trabalho e dos dias, já apreciei, com muito gosto, todos os tipos de funções da face da Terra. Com ou sem suor escorrendo no rosto de quem trabalha e ainda se orgulha de tal falsa honra.

Carpideira, exorcista, comedor de vidro, caçador de onças, pistoleiro de aluguel a executar encomendas por um maço de cigarros sem filtro, taxidermista, homem-bala, profetas d'água — esses artistas da sede que descobrem em que pedaço da terra escavar um poço ou cacimba —, entre outras atividades.

Embora respeite as ocupações mais exóticas, de certo gosto

até recreativo, o que mais me dá prazer é observar os homens que suam e purgam todas as culpas, os apanhadores de arrobas e mais arrobas de algodão sob o solzão de quarenta e um graus, os escravos que constroem as paredes das barragens públicas com esperanças de alguns cobres e de futuras chuvas neste deserto onde nem o suor deles alcança a terra lá embaixo — evapora antes de passar do buraco sem fim do umbigo.

Que vale mais por estas terras: o suor dos que se matam nos variados ofícios ou o sono justo dos que não suamos nem mesmo nos pesadelos mais reais? Sempre que solto essa pergunta, costumo dar umas três sestas para que o sujeito pense, sue, durma, reflita, honestíssimo prazo.

Detesto a correria e a velocidade. De mais moderno, aprecio o toca-discos e a pólvora — a caça é uma rara ação da qual me orgulho. Não consiste em um trabalho.

Sou um homem do entretenimento.

Meu irmão gêmeo do Big Jato nunca me deu ouvidos. O máximo que faz é arremedar "Hey Jude" no beiço. Falso. Maldita hora em que coloquei os Beatles na vida dele. Quem mais, a não ser um vagabundo de nascença, amaria os Beatles aqui neste fim de estrada? No princípio, gostar de Beatles e Rolling Stones nestas paragens era coisa de maconheiro, vagabundo ou veado. Melhor: coisa de veado, maconheiro e vagabundo. Eis a ordem correta segundo a escala crescente de valores. Pior é quando você pode, fácil, fácil, ser enquadrado na tríplice coroa da existência local.

Veado, maconheiro e vagabundo. Veado porque abandonou a noiva quase no altar e nunca mais mereceu nem um rabo de olho de uma velha carcomida pelas cinzas dos caritós. Maconheiro porque lesado e cavaleiro delirante. Vagabundo porque só aprecia o suor alheio, como faço com todo o gosto.

Talvez eu não preste mesmo nem para semente.
— Sorte da humanidade — como diz o mano velho do limpa-fossas. — Seu papel-caborno não tem serventia para reproduzir um pensamento que valha, quanto mais uma gritante criaturinha de duas pernas, você não nasceu pra esse ramo. Esquece, seu mal-assombro.

Um solzão na vista, uma gastura a caminho da igreja, não estava pronto para bordar em letras barrocas e rococós o "até que a morte os separe" nos lençóis branquinhos de cambraia da noiva.

Enquanto me aguardavam aos pés do vigário, eu atirava em codornizes na vereda que sai do oitão da paróquia, quase do cu do padre, e dá no riacho das Almas.

Não sonhava cabacinhos, priquitinhos, bocetinhas, rachinhas cobiçadas pela macheza toda aqui da gente.

Para não dizer que não me atraía de tudo a dificuldade do hímen intocável e íntegro, vos conto: eu havia frequentado um leilão de virgens, comércio para os visitantes que aqui vêm em busca das pedras de peixes, fósseis, monstros voadores, de marmotas que não sabiam se eram aves ou se eram as próprias réplicas dos godzillas, pterossauros, não os pterossauros comuns, os pterossauros gigantes.

Óbvio que este preguiçoso não tinha bala para arrematar nem mesmo a mais velha rapariga deste vale de monstros e lágrimas. Ia apenas para vê-las, virgens ou bulidas, e tomar uns tragos à custa de traduções que fazia para os gringos. Sei alguma coisa de inglês, claro, por causa adivinha do quê, dos Beatles, óbvio.

Traduzir o que as pragas das fêmeas diziam. Mal falam, essas marmotas. Mal fingem o gozo, mal estrebucham na cama algo que preste. Como se entre homem e mulher, em qualquer canto do universo, fosse necessário intérprete. Umas bestas, esses gringos. Uns tabacudos.

Se tem uma dupla que toca de ouvido, é pau e boceta, mondrongo e racha, pra-te-vai e chibiu, vara e priquito, rola e xoxota, pênis e vagina, como dizem os compêndios escolares. Para que intérprete, meu Deus, eu me pergunto. Fome ou desejo, não importa a língua, não carecem de tradutores.

Ô galegos abestalhados, me pagavam uns bons quinhões por esse servicinho agamenoso.

Tem besta para tudo.

Um solzão queimando pestanas e juízos. Uma gastura a caminho da igreja, não estava pronto mesmo para bordar em letras barrocas o "até que a morte os separe" nos lençóis branquinhos de cambraia da noiva, que aos poucos estará ciente de que eu não sou mesmo homem para ela, se é que isso torna a vida mais leve e aguentável.

Eu conto.

Daqui a pouco o branco das vestes nupciais será todo tingido com a nódoa da minha covardia amorosa, certamente mais forte que nódoa de manga verde ou de tronco de bananeira em camisa alva e nova. Não consegui, nem amarrado, caminhar para dentro daquele dia previsível. Não me via dentro daquela moldura dourada ou aprisionado no álbum de família.

Lembro do justo momento. Estava com o apito de arremedar as aves na boca, a mira em uma codorniz que saltitava na vereda. O pensamento entre o sim e o não. O monstro da culpa na corcunda. Relativizava para aguentar o baque de estar vivo. Tanto faz, pensava, é tudo uma grande ilusão, ouvia o eco vindo da igreja. Miro a codorniz e preparo o cão da espingarda. O dedo no gatilho. Quando dou fé, um ninho de cobra quase aos pés. A codorniz bate em retirada e deixa uma chuva de penas. Bichos rastejantes aparecem de tudo que é lado, um chão de répteis, nuvens negras de mutucas, todas as pragas do Egito, disparo a arma sem direção, a vista escurece.

Acordo com o Ringo lambendo meu rosto. Como um cão lambe o dono quando o encontra morto. Havia desfalecido.

"Seu frouxo", ecoava o julgamento da cidade inteira quando recobrei as forças. O berro mais alto era do irmão do Big Jato. Um pesadelo dentro do outro. Lembrei de como me agarrava às pernas da minha mãe em noites de trovões e relâmpagos. Não regulava mais a cabeça. Só lembro que, no pesadelo anterior, em um descampado, eu mirei em arribaçãs e acertei em um vulto branco. A noiva que me esperava havia anos.

Ringo lambia meu rosto. Solzão na cara. Os pesadelos assentavam na velocidade das nuvens que eu via no céu, ainda deitado na vereda, para buscar a calma. "Covarde", ecoava outro grito do velho. Não fui capaz de caminhar para dentro de um dos dias que escolheram como dos mais importantes da minha vida.

Dia 1º de setembro do ano de 1973. Guardei a folhinha comigo, está lá pregada no caderno em que colo minhas memórias, rótulos bonitos, penas de aves raras e recortes de revistas do estrangeiro.

5. A noiva

Quando entrei na igreja, com um atraso mais premeditado do que o de todas as noivas do universo, ouvi o tiro. Sabia que era ele em desespero na mata. Sabia que a cidade inteira iria me olhar naquele momento. Sua besta, sua bocó, como acredita num homem desses? Ninguém acreditava na possibilidade de casamento.

O padre agiu com a mais fria das naturalidades. Seu olhar era de consolação desde que adentrei o recinto com meu pai. Agradeço a ele pelo conforto. Parecia não haver surpresa alguma naquela ausência. Todo mundo ouviu o tiro com o mesmo pressentimento.

Ainda fiquei tentando achar o Ringo no instante da agonia. Ouvi seu latido ao longe, na mata atrás da capela. Parecia que o Ringo queria dizer algo. Não sei bem qual era a mensagem dele. Se um aviso para mim, mesmo na sua fidelidade ao dono, ou se um conforto para o desalmado, a triste figura do covarde mais previsível, como me alertara seu próprio irmão, irmão gêmeo, o velho.

O velho que de imbecil não tem nada, embora o povo daqui tente emporcalhá-lo. O velho é um homem. O resto é poeta.

6. Jude

Maldita hora em que pus os Beatles na vida do irmão da merda, digo, do Big Jato. Uma praga, ele não sabe mais o que é bosta e o que é poesia. Também pudera, só respira aquele fedor dos seiscentos diabos, dia e noite aquele bafo azedo de estrume humano a entrar por todos os buracos da sua caveira. Nem leva jeito de quem gosta de Lennon & McCartney, um careta, babaquara, ah, dane-se, sabe de uma coisa, deixa estar, não é à toa que os rapazes são mais famosos que o cabeludo de Nazaré. Por isso operam tal bênção, tal milagre, fazer de um homem que mal resmungava um aprendiz de poeta. Até esse lugar, essa poeira de vidas esquecidas, os Beatles alcançam, os besouros são os besouros e pronto.

O meu irmão não sabe nem mesmo que a entrada de Ringo no lugar de Peter foi uma disenteria mental das maiores da existência, para ficar aqui com uma imagem da obsessão fecal dele, única forma de me fazer compreensível pelo cara. Eu rio mesmo dessa onda do *brother*.

Ei, Jude, não fique mal, escolha uma música triste e fique melhor. (Já falei a tradução diversas vezes no serviço de alto-falante da cidade.) Eu cantava ainda pela vereda atrás da igreja. Na volta da fuga de um covarde. Vou dedicá-la. Publicamente. Talvez ela entenda por que não fiz a sua vontade de moça virgem. Por que não caminhei a passos largos para dentro daquele solzão branco dos noivos.

Eu gosto de ser sozinho, sabe?, da maneira mais estranha. Eu ficava com ela, mãos dadas no portão, mas sem palavras. Sobre a cabeça dos estudantes que passavam na frente de casa, eu era capaz de enxergar o balãozinho me xingando: veado, maconheiro e vagabundo. Mesmo quando eles passavam silenciosos como este desterro.

Sorte eram as muriçocas e outros tantos bichos a nos comer vivos, só assim ficávamos a matar insetos na pele um do outro e assim ganhamos tempo para o abismo que se aproximava a cada peça do enxoval que ela adquiria a duras penas.

Meu olhar era de quem cairia fora, de quem espera por um milagre para zarpar do casamento para o meu canto, para a bendita sombra de uma arvorezinha magra que mal cabe um homem covarde embaixo. Só ela acreditou na inércia desse homem, velho Ringo, aposto que você também sabia das coisas. Ela tinha ciência disso que as mulheres chamam de imaturidade quando se deparam com sujeitos aparentemente frouxos ou muito tristes.

Meu velho Ringo Starr de faro fino para as raposas e para os tatus, me diga, estava no meu olho ou não a desistência? Velho Ringo, meu querido cão pé-duro, vira-lata, só você me ouve neste fim de feira, você é infinitamente mais confiável que todas as autoridades civis, militares e eclesiásticas, me diga, o que dizia o meu olho, aquele mesmo da mira com a qual sou infalível diante de nambus, perdizes e juritis?

* * *

Para não falar que sou vagabundo por completo, caço os tira-gostos das minhas bagaceirices e as misturas das minhas próprias refeições, questão de honra e de um paladar dependente também de marrecos e codornizes.

Outro dia, na mira de uma dessas aves, me fiz crer em um certo tipo de ética ou coragem. A de quem escolhe os bichos com asa para a aventura de abatê-los. Eles têm a chance de cair fora mais do que quaisquer outros animais, aí incluindo noivos e noivas.

(O velho Ringo balança as orelhas e o rabo, confirmando ser verdade tudo que eu converso sozinho.)

Não posso mesmo me gabar de ser um vagabundo por completo. Além de buscar meus próprios petiscos, mantenho um programa de uma hora, todos os domingos, que só toca os abençoados meninos de Liverpool. Não sou um vagabundo por completo, quantas vezes terei que gritar isso. Antes fosse. Sendo assim, fico em um meio do caminho ridículo.

Você nem fede nem cheira, é o que tenho que ouvir do meu irmão rola-bosta, esse escaravelho capitalista.

É um piscar de Ringo que me acalma. Pera lá, poeta, não se altere, parece que diz o cão dos diabos. Você tem o melhor dos ofícios, volta a dizer o cachorro, agora com o outro olho.

— Como assim, maluco? — pergunto.

Tenho meu lugar no mundo. Era isso que me salivava o meu pobre cãozinho pavloviano sem precisar de sineta ou de um passarinho para abrir o apetite.

Ringo sabe das coisas.

— Tens teu lugar no mundo — parece que ele late. — *Take it easy!*

Ter um lugar no mundo é ser um profissional, certo?
— Yes!
— Isso pode ser considerado um ofício? — indago.
— O melhor de todos — responde o quatro-patas.
— Como assim?
— Primeiro: é um prazer; segundo: não há um cobre, um dólar furado na jogada; terceiro: és o único de todo este deserto capaz de traduzir poeticamente essas coisas de fora, mereces alguma honraria, ponhas este buraco do mundo em contato direto com o globo terrestre, conheces, tens a manha, fazes a presença, até levas um plá com os gringos contrabandistas que vêm aqui nesta desmundice em busca das pedras que avoavam em forma de tudo que era bicho, hoje fósseis. Uns sabidos. De bestas só as fuças loiras e gazas — filosofa geral o vira-lata, para o conforto desta pobre alma.

Quem manda querer esticar demais a corda da modéstia, da humildade e da vagabundagem como quem afina a guitarra de um suicida?!
Até o pulguento cão se acha na nossa frente e começa a contar a verdade histórica da qual você não mais se recorda. Não sou um vagaba por completo. Todo mundo sabe a esta altura. Se eu dissesse que o programa da difusora não tem importância alguma para este *pueblozito de mierda*, estaria mentindo.
Foi no "Beatles, Ontem, Hoje e Sempre", um oferecimento Mercantil Secos & Molhados e limpa-fossas Big Jato, que acabei com a lenda de que o mundialmente conhecido conjunto de rock havia feito uma gravação, em disco, em long-play, de "Asa branca", grande sucesso dos nossos vizinhos Luiz Gonzaga e Humberto Teixeira, conforme havia saído em notícias da imprensa.
Chegaram a dizer que nada passou de uma graça do radia-

lista Carlos Imperial, da cidade do Rio de Janeiro, um rapaz metido a fazer esse tipo de lorota.

Nada disso, amigos, "Beatles, Ontem, Hoje e Sempre" esclarece: a lenda começou aqui mesmo neste povoado, a poucos quilômetros de Exu, onde nasceu o nobre rei do baião e de outras modinhas futuras.

Ao ouvir pela primeira vez "The inner light", composta por George Harrison, um dos caras do célebre grupo, observei uma sequência melódica parecida com "Asa branca", além de uns trinados semelhantes a "Mulher rendeira", ou seja lá o que a aguardente me soprava naquela bendita hora.

O certo e de direito é que o meu furo universal de reportagem espalhou-se, mesmo que lentamente, e provocou esse rebuceteio. Tudo com a ajuda do amigo José Telles, um escriba do Recife que conseguiu espalhar a lenda para o mundo.

É também certo e sabido por todo este vale que Luiz Gonzaga deu uma gargalhada quando tomou ciência, em 1968, que os Beatles iam gravar "Asa branca":

— Agora é que eu quero ver se os Beatles vendem mesmo — comentou no rádio. — Minha gravação vendeu mais de dois milhões de discos.

7. A garotinha do *Exorcista*

O mais admirável na trajetória dessa pobre criatura, meu irmão e patrocinador do programa, é que ele fez dos excrementos dos miseráveis a grande obra de sua vida. Não passaria fome também como homem de publicidade. Crânio como os doidos varridos deste vale onde o vento faz a curva e assina o nome no redemoinho da estrada.

Não passaria fome nunca, em nenhuma circunstância, acho que nem na Guerra Civil espanhola. Atravessou várias secas brabas com uma honradez de realeza. Eu cheguei a fazer um curso por correspondência do Instituto Universal Brasileiro, nesse mundo do conhecimento humano, a arte de passar a perna nos bestas, mas ele é que é, intuitivamente, o homem de publicidade & propaganda da família. Foi dele, por exemplo, a ideia de ter como parelha de anunciantes um estabelecimento famoso na cidade por fornecer gêneros alimentícios. Um crânio, digo, embora tal conclusão já me tenha deixado muitas vezes mascando o jiló da mais travosa das invejas.

Eu até queria fazer uma graça que ligasse os dois patrocinadores, mas sou um desastre em vendas ou em qualquer coisa que signifique um simples flerte com a fortuna. Meu negócio é música — dos outros! —, observação da natureza humana, vadiagem, caça, nem um palmo além disso, e chega. Até rabisquei umas sugestões: "Comprou no Secos & Molhados, comeu, sujou, entupiu? O Big Jato vem a mil!". Em vez de ouvidos, ele me deu um chute na canela com seu passo doble número 43.

— Basta a sugestão da comida e do meu serviço juntos, desgraçado. Isso vai direto para a cacimba mental dos indivíduos.

Mesmo sem concorrente, o homem da desentupidora anuncia, faz seus reclames. Tanto no serviço de alto-falante quanto nos carros de som que circulam pela cidade berrando a programação de tertúlias do Clube Titãs e das fitas de terror do Cine Eldorado.

Foi dele, por exemplo, a ideia de amarrar um homem ao para-choque da Rural Williams 66 que anuncia as películas.

"Se você não tem nervos de aço e coração siderúrgico, não veja esse filme. [...] Esse rapaz acaba de desmaiar durante a sessão..."

Subia o macabro tema musical da fita pelos ares, passando lentamente a fundo musical, e o homem do microfone e do volante dizia:

"A história de uma garota possuída por um espírito demoníaco..."

O homem amarrado ao para-choque se remexia todo.

"Uma garota possuída pelo demo, pela besta meia-meia-meia, pelo belzebu, pelo satanás de rabo..."

Os moleques das ruas mexiam com o rapaz amarrado ao veículo.

"Uma garota possuída por tudo que não presta neste mundo, o sobrenatural como nunca vimos nas nossas pobres e materiais e carnais existências..."

O rapaz do para-choque pedia socorro, os meninos jogavam

lama de esgoto nos olhos dele, uns cuspiam, davam safanões, dedadas, atiravam molho de pimenta, esfregavam rãs, lagartixas e sapos, arrancavam a roupa do gordinho amarrado ao para-choque, transformavam O *exorcista* em filme infantil diante do terror pra valer protagonizado pelas crianças nas ruas da cidade.

"Uma garota confrontada por um padre..."

Os moleques jogavam mijo nos olhos do homem amarrado na frente da Rural verde-lodo.

O rapaz estrebuchava amarrado ao para-choque.

Era reconhecido pelos garotos.

— Bochecha, Bochecha, Bochecha!

Um gordinho que nem tinha visto tal filme, que àquela altura era apenas um ator alugado, um dublê perfeito para o meu irmão gênio da publicidade e propaganda.

Para evitar o massacre, o motorista da Rural Williams teve que socorrê-lo, cortando as cordas e livrando-o do para-choque maldito. Antes de sair do volante, ainda anunciou, na correria, no sufoco, resfolegando:

"Um filme vencedor de dois Oscars..."

O episódio do homem amarrado lotou o cinema e tornou meu irmão, o crápula do Big Jato, o orgulhoso dono de uma rica porcentagem na bilheteria. A estratégia foi repetida em todo o vale, com ênfase para Crato, Juazeiro e Barbalha, as cidades maiores.

Essa do cinema é uma sabedoria à parte. Mesmo sem concorrente, ele fazia seus reclames.

— Não sou essas coca-colas todas, mas me garanto na permanência da mensagem — dizia. — A ordem é não ser esquecido, mesmo quando estiver sendo muito lembrado.

Pela sua lógica sanitarista, quanto mais gente sabia do serviço do Big Jato, mais gente construía suas fossas, deixando de evacuar a céu aberto ou em improvisadas choupanas de palhas de coco ou bananeira. Sim, de alguma forma isso é ciência, e não apenas propaganda, mas talvez ele gostasse apenas de dinheiro. Tenho preguiça de saber ao certo ou de investigá-lo mais profundamente.

Com esse mesmo raciocínio, Big, como passamos a chamá-lo, publicou um anúncio de duas páginas no almanaque *Juízo do Ano*, ideia do astrólogo e folhetinista Manoel Caboclo e Silva, editor do famoso lunário perpétuo. A propaganda, bem didática, tratava das doenças às quais estão sujeitos os que defecam ao deus-dará e todos aqueles que não se preocupam com a construção de esgotos etc. etc. etc. Era uma coisa bem chata, desenhos de vermes, jecas-tatus amarelos de doenças, mas funcionava.

Nisso bato palmas para ele. Quer dizer, prefiro ficar de braços cruzados sempre. Bater palmas também dá muito trabalho, até mesmo para um puxa-saco do mesmo sangue.

Somente se os Beatles reatassem e fizessem um show ao vivo aqui neste fim de poeira, eu gastaria as linhas do destino das minhas nada calejadas mãos para aplaudi-los, seria até auxiliar de palco, carregaria todo o equipamento de som nas costas, levaria os rapazes ao cabaré da Glorinha, no Crato, melhor, arrumava-lhes uns cabacinhos, virgens de tudo, porque Peixe de Pedra pode ser atrasada em relação ao resto do planeta, não é assim uma Liverpool ou um Rio de Janeiro, mas tem os melhores xibius apertados do globo terrestre.

De certa forma, isso deve ser uma vantagem. Não para mim. Morro de preguiça de encarar uma virgem. É muito trabalho, meu Deus; prefiro as damas dos cabarés, que já estão no ramo há mais tempo.

8. Jesus Cristo

— Roberto Carlos caga, papai?
— Depois do disco de 1971, não faz outra coisa, mas tudo em volta está deserto, tudo certo, meu filho, esquece.
— O padre Cristiano caga, papai?
— Sim, meu filho, sem controvérsia alguma. Nem aqui e muito menos em Roma há controvérsias sobre a santidade dessa pobre alma penada.
— Aquele caubói caga, papai, o que o senhor gosta, o daquele filme que vimos no Cine Eldorado?
— Sim, filho, assim como amam, os brutos também cometem esses tresloucados gestos.
— Nunca vi ninguém cagando na tela do cinema, papai, nem os monstros, nem Godzilla.
— Cinema é mentira, filho.
— E o prefeito, papai?
— Esse alargou o cu para descer todo o ouro engolido.
— Rosália... papai, que acha?
— Sim, meu filho, até as mulheres mais bonitas do mundo padecem dessas coisas, vê se aprende.

— Rosália...

— O pior, principalmente para nós, que vivemos disso, filho, é que elas cometem esse ato muito menos que a maioria dos mortais.

— Por que mulher bonita faz menos, papai?

— Ah, filhote, seria o mesmo que dizer que elas também falam mais. Não se sabe o segredo das pequenas verdades.

— Mamãe não fecha a boca, acho que nem dormindo, outra noite chamou meu nome bem alto durante um pesadelo.

— Sonho, filho!

— Era assombrado!

— Pesadelo é sonho do mesmo jeito.

— ...

— Não são apenas as bonitas, filho, mulher costuma fazer menos esse tipo de serviço, é da natureza delas.

— Quer dizer que são melhores?

— Há controvérsias, filho, prefiro não me meter nessa bronca. Há controvérsias, e tomara que nunca haja discordâncias.

— Qual a diferença, pai?

— Controvérsia é só discussão de boca, discordância tem pelo menos uma meia dúzia de tapas, filho, como nos bons *saloons* do Velho Oeste ou na festa da padroeira aqui deste fim de mundo mesmo.

— Já bateu em mulher, pai?

— Que história, filho.

— Já?

— Só boas e merecidas palmadas na bunda, filho, esquece.

Embora ele tenha gargalhado com a minha pergunta, fiquei imaginando o velho, com a sua mãozona encaliçada, a deixar em sangue o traseiro rosado de minha pobre mãezinha querida.

Será por isso que ela gritou meu nome bem alto outra noite?

A partir da revelação, toda vez que eles, pai e mãe, trancavam a porta do quarto eu ficava imaginando a minha santa mãezinha sendo espancada, humilhada, amarrada em cordas, clamando para a cruz acima da cabeceira da cama, e o pobre Jesus Cristo, I.N.R.I., pregado na cruz sem nada poder fazer como testemunha da carnificina.

— Elas gostam, filho — reverberava nas telhas, como um pipoco de trovão, a gargalhada do velho. — Elas gostam, filhooooooo!

Não conseguia dormir, ouvindo o eco da fala dele na boleia quando toquei no assunto. Porque não é a sua mãe, idiota, pensei para o alto.

Daí para imaginar a vovozinha sob palmadas do meu vô foi um pulo. Família é família, sangue é sangue, herança é herança, a gente escala a árvore genealógica como um inocente que foge de uma onça-vermelha comedora de bodes, as raras onças que por estas bandas ainda aparecem. Ou como quem sobe para pegar uma fruta. Ou para brincar mesmo.

Quando dei por mim, no embalo daquela história de bater na bunda de mamãe, eu estava mexendo no pinto, minha irmã de shortinho, minha mãe lavando roupa na pedra do riacho, vovó de touca, Marcela da escola, a irmã passando na frente como quem atrapalha uma cena na TV, a galega da bodega da esquina e sua calça jeans US Top justa, minha priminha Zu, Malu, o troca-troca, a cabra, a bananeira, mamãeeeee...

Quando pegamos no nosso pobre pinto, coitados de nós, nunca sabemos onde vai acabar a gasolina azul da imaginação ou o vigoroso diesel de todas as taras guardadas de um donzelo delirante sem alvo. Acontece, perdão mãezinha querida, domingo conto tudo na missa. Quando pegamos no nosso pequeno pinto pode sobrar, todo cuidado é pouco, até para a mais inocente das avós, supersônicos, vamos longe.

As bronhas iniciais são como migrantes famintos desta nossa terra: dão a largada em fuga, mas nunca sabem seu destino. Velozes como os Toyotas modificados nas oficinas de São José do Egito, motores capazes de voar sobre a serra das Russas, ali na descida do agreste para o cais do Recife.

Ouvi meu tio vagabundo falar um dia sobre isso tudo que acabo de praticamente repetir da maneira mais educada, claro. O miserável. Meu teórico. Na hora fico meio escondendo a risada. Meu pai detesta que eu caia na graça do "fiscal da natureza", como o velho o chama. Depois, não tem jeito, desabo rindo sozinho, às vezes antes de dormir, o que deixa meus irmãos malucos, porque eu não conto nunca, acabo inventando outras histórias, inocentes, puras e bestas, sem nem uma fuleiragem com a marca do titio vagaba.

Aquilo que meu pai falou zunia nos meus miolos moles como a zoada do besouro contra o vidro na tentativa de achar uma janela. Como se a nossa mãe fosse qualquer rampeira do cabaré encostado do outro lado da linha do trem. Era como se um estranho batesse nela, santos olhos da imagem do Coração de Maria na sala.

Aqui em Peixe de Pedra a linha do trem divide o mundo entre os miseráveis e os mais ou menos. Da linha para baixo, é rico ou se acha; da estação da RFFSA — a rede ferroviária herdada dos ingleses — para cima, não há como distinguir entre os casebres e os chiqueiros dos porcos.

Uma banda da cidade olha para a outra com nojo e desprezo.

"Elas gostam, filho."

Foi a primeira vez na vida em que deu vontade de inaugurar uma discordância, no muque, com meu velho. Nem cheguei a pensar em controvérsia. Era coisa de homem, como os caubóis, os vaqueiros, os amansadores de burros e os cavalos brabos aqui mesmo de perto de casa. Os homens-feitos.

Mas logo vem uma nova pergunta idiota saltando no cocoruto qual um sapo na frente do rancho e eu digo adeus à valentia. Não passo de um rascunho de macho.

Lá estamos eu e o velho de novo na boleia, único lugar onde ele abandona o resmungo e, pacientemente, responde a quase todas as minhas questões fundamentais para o futuro da humanidade.

9. George Harrison

— Quem faz mais, papai, os pobres ou os ricos?
— Vrungsxvytãozzzz...
O velho acelera o fenemê, a carcaça do caminhão chacoalha. Vrungsxvytaoteching*#%vrung.
Agora subimos a ladeira das Grandes Esperanças, como é conhecida a mais alta de Peixe de Pedra, a da torre da repetidora de TV, inaugurada recentemente, e nem escuto a resposta sobre quem caga mais, se os pobres ou ricos.
— Esta é a minha ladeira preferida, pai.
— Num viaja, filho.
— A começar pelo nome. Grandes Esperanças.
— Deixa de falar miolo de pote, menino. Esta é uma subida maldita. Nunca teve nome.
— Maldita?
— Bota maldita nisso.
— De assombração, de aparecer alma penada?
— Quem dera. De coisa misteriosa.
— Como assim, pai?

— Repare no meu braço, passo aqui e os pelos arrepiam.
— Então é espírito, alma.
— Morreu muita gente por aqui. O carro vai todo certo, tudo no lugar, de repente falta freio, e é aquela desgraceira.
— É, pensando bem, não casa com o nome Grandes Esperanças.
— Deixa dessa maluquice de dar nome às ladeiras deste fim de linha. Concentra na matemática, filho.

Meu pai odeia divagações. Como sair batizando os lugares. Sempre sabe ou acha que estive na Biblioteca Pública Municipal, onde a tia Vanilda, pobre e velha funcionária, me entretém com os clássicos universais, com a sua coleção de livros vermelhos, capa dura.

— Não há herói neste mundo que tire as teias de aranha daquela perseguida! — o velho berra. — Para que tanta leitura sem um macho sequer entre as pernas?!

Nem dá tempo de eu pensar, ele ataca de novo:

— A tua tia trocaria toda aquela história de quarenta anos na biblioteca por meia hora com um marmanjo. Livro é para quem precisa inventar a vida que nunca teve, coitada.

O velho começava a me falar coisas de homem para homem. Como na prosa com os amigos nas bodegas.

Fiquei pensativo, quer dizer, lesado mesmo.

— Pense em números, filho, matemática, assim você vai ajudar o seu pai mais adiante.

Se ele soubesse como ando mal na escola justamente nessa coisa que me recuso até a chamar pelo nome!

MA-TE-MÁ-TI-CA, filho, ele mesmo soletra, miséria, desgraça, fracasso.

* * *

A ordem dos catetos...

Ainda bem que a minha mãe não diz nada para ele, ele tampouco pergunta, minha mãe que administra essas questões caseiras, boletins escolares etc.

Bom "naquela coisa" no nosso lar é o George, cabeção tamanho da lua cheia, só pensa em contas e escrotidões com os outros.

Bem que meu pai adoraria andar era com o George na boleia, para ajudar nas somas.

— De poeta o mundo já está cheio, filho, haja repentistas e velhinhos cagões do grêmio literário. Não têm onde cair mortos.

É o que ele diz toda hora, imagina que me ofende: poeta.

Minha mãe me provoca com o mesmo palavrão quando espatifo, outra vez, louças no cimento de casa.

— Desce da lua, poeta, que ela ainda está minguante, repare no calendário.

É a única coisa em que os dois concordam nesta vida. Poeta.

O mais é inferno.

Brigam como cachorros, mas brigam em silêncio, grunhidos guardados, cães de cinema mudo.

Às vezes vou caçar com o meu tio, o único tio homem. Meu pai não gosta, teme que eu fique tão perdido quanto.

— Pior que a veadagem — diz ele —, só a preguiça, e teu tio tem quase tudo de ruim junto numa só lataria de macho.

Meu tio tem a pior fama da paróquia. Na escola, os colegas dizem também, assim como na rua, veado e maconheiro, ou vice-versa. Até de ladrão já o chamaram.

Meu tio me confia alguns tiros, desde que eu escute pacientemente suas aulas de assassinato a sangue-frio:

— Paciência, rapaz, deixa a gazela se oferecer na vereda, deixa a bichinha esquecer que avoa, deixa se encantar com o perigo, vê como ela se arrepia, como ela sente que a vida está em risco.

O nambu encandeia-se no fim de tarde, cresce na minha frente, cutuco a soca-soca chumbosa, pei, buff, morticídio crepuscular, ele cisca debaixo da matinha de marmeleiros e de amarelas flores de canafístulas.

Minha primeira aula de aprendiz de assassino. Tudo bem, é uma ave que logo mais estará na nossa janta, caçarola, mas daí para apagar um bicho maior, como um humano, por exemplo, é quase nada nesta terra em que nascemos com cheiro de sangue nas ventas.

Pescoços de galinhas puxados por nossas mães e o sangueiro na bacia do molho pardo, cabidela, bodes de ponta-cabeça nas árvores no momento de tirar o couro, porcos sob o porrete e o retalho da peixeira. O sangue respinga em nossas canelas finas desde cedo.

— Muito bem, seu poeta! — diz o tio. — Não há poesia na guerra, só há poesia nos pequenos assassinatos.

Meu irmão George não suporta quinze minutos daquele cheiro de merda. Esses caras que gostam de matemática, ao contrário do que dizem, são uns frouxos. É lenda que são machos. Os grandes calculistas não são do ramo. Os poetas, sim, suportam todos os fedores da humanidade, me disse o professor Gideon, presidente do Grêmio Literário Adolfo Caminha.

— Fossas inclusive — conforta o professor, puxando minha cabeça para o seu peito.

— Fossas, submundos, desesperos, incompreensões de todas as naturezas, angústias, sustenidos do peito em desassossego.

Ele um dia tentou ir com a gente. Um dia George tentou ir com a gente para o desentupimento, George, o matemático. Era o desentupimento de uma fossinha de nada. Uns cinco, seis metros cúbicos, se muito. Passou mal, vomitou nas minhas botas Sete Léguas — presente do velho.

Eu acostumado a fazer duas viagens.

O tanque segura uns seis, sete metros cúbicos de merda, oito se muito, acho, ouvi meu pai falando um dia para alguém. Tentou ir não é bem o caso de George, melhor explicar direito: meu pai, crente de que contaria com o maior calculista de todas as eras a partir daquele sábado, é que o recrutou. Mediante mesada e tudo, bonança que nunca tive nem careço. George acordou à força, mesmo avisado de véspera que não teria direito à fuga.

Lá vamos nós com um matemático sonâmbulo caindo em cima de mim e em cima do velho na boleia a todo momento. Às vezes, dependendo da freada, o matemático metido a Malba Tahan caía também para a frente, no que engatava uma marcha a ré involuntária, como se se arrependesse de ter nascido àquela maldita hora. A gente quase trocou tapas na boleia. Contentamo-nos com safanões e uns chutes de tirar fogo das canelas.

Bem feito, pai, quem manda confiar nesses falsos geniozinhos.

Eu vibrava com o fracasso do meu irmão como se fosse um gol do Onze Velozes, time aqui de Peixe de Pedra, eu vibrava como naquele momento em que o herói, o artista, aparece na montanha, na pradaria, para eliminar todos os bandidos e índios do universo, e o Cine Eldorado vem abaixo na matinê de domingo.

10. Pelé, um grito em preto & branco

Encho o saco do velho naquela boleia.
A boleia é o lugar em que mais gosto de estar no mundo.
Mais do que em casa, infinitamente mais do que na escola, mais até do que nos banhos de açude em anos de chuva ou na frente do gol aberto depois de driblar os beques de espera, muito mais que na leseira dos sonhos grudentos de calor e viagens. Se bem que não aprecio gol fácil. Dos gols da Copa de 1970, por exemplo, cuja noção completa tive apenas quando inteirei, atrasado, a série de figurinhas dos chicletes Adams, prefiro o de Jairzinho contra a Inglaterra — lembra da cara do goleiro inimigo? Parecia um chão rachado de açude pela seca, tenso, medo!
Na TV, aparelho único no centro da praça da cidade, não vi nada. Um chuvisco só, Pelé era apenas um grito em preto e branco. Só tive a noção dos gols nos desenhos que vinham com os chicletes, mais de ano depois de ocorridos.

A boleia é o lugar de onde não saio sem respostas. Meu pai

nunca me deixa sem respostas, mesmo quando faço as piores perguntas. No máximo faz cara de enfezamento, sobrancelhas que viram balõezinhos: "Reparem só o que botei no mundo!".

Só aos outros olhos e ouvidos meu pai parece o retrato em preto e branco da tristeza.

Ignorantes!

As interrogações não passam de cabos de guarda-chuvas de ponta-cabeça, me pego pensando do nada, só porque uma coisa puxa a outra, como uma máquina maluca e inútil, como um treco sai derrubando outro em um desenho animado de Tom & Jerry.

Quando desenhei o primeiro ponto de interrogação na escola, pensei imediatamente nos guarda-chuvas gigantes do meu avô, meu avô mentiroso e tão pequeno, meu Deus, e com guarda-chuvas capazes d' proteger uma terra de gigantes.

Pensei também nos anzóis que usamos nos açudes.

Fora a semelhança interrogativa — vai chover ou sairá um solzão da gota? —, não conseguia ver nenhum parentesco entre as perguntas e os guarda-chuvas. Muito menos entre os anzóis. Se bem que os anzóis — cismei outra noite antes do último carneirinho saltar a cerca — são as interrogações debaixo d'água, os mistérios da pesca.

A interrogação maior da vida, no entanto, sobrou para quem vive pensando nela, claro.

Estava lesado brincando com uma vara de pescar no quintal de casa, ensaio para uma pescaria de resposta, e no volteio da linha de náilon, o anzol, maldita interrogação do universo, dá duas voltas em torno do sol e de mim mesmo, crec, e vai direto para o meu pequeno membro, atravessando o prepúcio, se é que podemos falar com tanta grandeza de uma coisa insignificante e judiada de tanto sexo com cabras, cactos e bananeiras.

Que vergonha ter que mostrar aquela coisinha de nada para primas, tias, parentes, aquela coisinha vermelha que acabara de se tornar ao mesmo tempo isca e manjubinha, piaba, exposta, meu Deus.

Pobre minhoca.

No que o meu bondoso pai, qual um bombeiro de filme, "Afastem-se todos, deixa que eu cuido", tentou, tentou, alicates, ferros quentes, nada, toca para Nova Olinda, cidade próxima.

Estranhei quando vi a placa: MIGUEL LIMA, PRÁTICO DENTISTA.

Achei que papai estava muito bêbado, mas nem era sábado ou domingo, seus dias prediletos para a bagaceira. Como assim, o anzol atravessado no meu pobre pinto, e o velho querendo me arrancar um dente àquela hora?! Se fosse um ferreiro, e ali tinha o melhor ferreiro de toda a região, tudo bem, mas um dentista, mãe, não deixe, eu berrava.

O dr. Miguel, com a ajuda do meu pai, claro, me deita na cadeira. De dentista. De prático dentista. Eu, agarrado no meu pobre membro, tentando de todas as maneiras alertá-los para a geografia imediatíssima do problema. O indicador, único dedo solto na mão presa, tentava fazer sinal de que o problema era da cintura para o solo pátrio, bem no meio do caminho, digo, aqui, ó, não adiantava.

O dr. Miguel Lima, bravo homem, até que já havia entendido que a causa era nos países baixos, mas, como abri a boca num chororô miserável, ele viu um dente de leite quase caindo e resolveu atuar na sua área de costume.

Vupt.

Pegou o bicho com o polegar e o indicador. No que ali já viu umas cáries e, com a ajuda de George, infeliz, filho de uma rampeira, calculou quanto sairia o serviço. Meu pobre e pequeno membro doía como nada neste mundo. Meu pai discutia com a minha mãe na língua que só eles entendem, no esperanto pombilíneo das intimidades pentecostosas, talvez, lenga-lenga dos infernos, o que me dava vontade de pegar a espingarda e atirar em todos os nambus possíveis e na cabeça de todos aqueles patinhos de parques de diversões.

Raiva.

O sino da igreja bateu as onze pancadas noturnas. Minha tia Eulina, que morava naquela cidade, jogava truco com umas primas velhas condenadas às cinzas de todos os caritós, nos esperava com um chá de erva-cidreira para ouvir tudo que se passara não apenas naquele dia, mas em todas as horas de nossas vidas. Requinte de todas as recontagens.

Meu pobre membro a essa altura estava inchado à vera, doendo como se fosse o maior do mundo. Que orgulho. O sino bateu meia-noite. Inesquecível. Doía, mas nunca fui tão feliz neste planeta azulado. Incha, penisinho de merda, incha. Nunca mais tive um pinto tão grande. Quer dizer, se não era lá essas coisas, pelo menos naquele momento...

Quando Miguel Lima, prático dentista, conseguiu o alicate certo para a cirurgia, numa área que nunca imaginou atuar na vida, eu já estava realizado. Paudurescência, vibrei olhando lá para baixo.

E nunca mais, nem com os milagres da chave do tamanho de Monteiro Lobato, tive um pinto tão grande.

11. O sorriso rosa de vovô boiando no copo

Melhor deixar para lá esses jogos de aparências, isso me esquenta demais os miolos, até porque uma coisa puxa a outra. O cabo do guarda-chuva do meu avô que lembra a interrogação, que lembra um anzol, que pescou meu pobre pinto, que por pouco não me custa todos os dentes.

É coisa demais para meus miolos nesse solzão amolecedor de juízos de Peixe de Pedra. Esquece.

"Você lá tem miolos, galeguim, meu ruivinho safado?!", parece que escuto a voz do vovô ao longe, de quando eu ainda era menino de tudo, novinho, gazula de algodão rompendo a casca, um bruguelo de bizunga ou colibri.

"Só quer ser grande, cabinha, piolho da humanidade, carece comer muito arroz com feijão ainda, favas, bodes, amarguras, andus, pimentas, sustanças... E uns bons tatus, cotias, nambus, preás, tejus, socós, marrecos, codornizes, avestruzes, camaleões, ah, meu netinho, tem que aprender a ruminar as ignorâncias molinhas com jeito de quem perdeu os dentes cedo, como quem devora moelas, miúdos, grandezas, compreende?!"

Sabe a coisa de que eu mais gostava no mundo depois, claro, da boleia do meu pai? Do riso do meu avô boiando quando ele dormia, o riso do meu avô descendo e ele acordado na cama sem poder fazer graça.

Uma noite peguei o justo momento em que o riso rosa do vô descia lentamente até o fundo do copo, num barulho inesquecível, narcosado. Na cabeceira da cama, a chapa, os dentes que se afogam, TV de fantasma. A dentadura que dança, rosinha levemente amarelada pela luz do candeeiro, a memória das mordidas sem força e jeito, jamais uma espiga de milho, rapadura é doce mas né mole não, essas prosas de almoço de família, a chapa boiando no copázio.

Pior é que o riso que boia fica pro lado que dorme a minha pobre vó, que dorme fácil, sempre com os seus chás de casca de mulungu, endro e erva-cidreira, hortelã, camomila, marcela. Às vezes espinheira-santa, folha de graviola para outros males e gorduras. Ama também canela. Folha de graviola cura o câncer, espalhei o boato, a pedido de vovó, que acredita mesmo no dito.

Minha vó, claro, nunca disse a palavra "câncer". Benze-se e diz "aquela doença" ou "o cê", assim como não digo nunca a palavra matemática, digo "aquela disciplina inventada pelo demo", digo "a coisa", o "trombengó do capeta" etc., vôte capirôto, vade retro satanás.

Coisas que não queremos nasceram para ficar sem nome. O dito é uma tristeza que chama outra. Acredito piamente nessa filosofia de João Pé de Pato. Ou seria do Príncipe Ribamar da Beira-Fresca? Aqui tem mais filósofo do que na Grécia Antiga.

Meu avô come demais antes de dormir e sonha com o seu passado de homem-bala no circo.

— Carne de tudo quanto é bicho nesta terra — minha vó, índia de Águas Belas, Merandolina, se queixa. — Come e não rumina, meu netinho, pense num vovô agoniado!

Foi trapezista também. Meu pai duvida. Foi de tudo, conta.

— Sempre vi teu avô se acabando na roça, grande homem do algodão no tempo em que o algodão era uma riqueza, sem praga de bicudo, o inseto que nos levou até as ceroulas por várias safras.

— Fui de quase tudo um pouco nesta vida, menos palhaço — é o que diz o pai do meu pai, e eu... acredito, como creio na história de todos os rastros do passo doble número 43 de papai. Não há segredo.

Como vou desacreditar se contam com tanto capricho e enfeite? Só as mulheres suspeitam. Não somente minha mãe. Fêmea é desconfiança.

Meu avô não aprecia contar misérias. Viveu aos montes. Esteve no curral da concentração, conta meu pai, o cercado de molambudos do Cariri, durante a seca de 1932.

"Contar desgraça atrai pioras", vovô diz quando alguém relata um desmantelo ou reclama da vida.

Meu pai é que relembra, não como história, mas como exemplo para os filhos, esses molengas que não sabem o que é sofrimento e reclamam de barriga ancha e ventosa. O governo isolava nos currais os flagelados e loucos de fome para que não chegassem às capitais levando o cólera, a varíola, a febre amarela e o perigo dos saques aos armazéns de comida. Vô conseguiu escapar por milagre, bênção, conta o meu velho. A mesma sorte não teve seu irmão Francisco Patriolino, de vinte e um anos, que tombou a seus pés depois de uns dias de trabalho forçado na construção de uma barragem na subida da serra do Araripe.

— Olhou, olhou, não conseguiu dizer palavra, sem força na língua, revirou os olhos e ali caiu, baque que mal fez poeira de tão esquelético que andava. Foi carregado para a vala comum onde os urubus voavam baixo e bicavam os olhos esburacados dos mortos-vivos.

O riso flutuante do meu avô, o que desce no copo, fica para o lado que dorme a minha vó. Acho que é a única maneira de o meu avô rir hoje em dia para ela. O velho é gaiato com o mundo e ranzinza dentro de casa. A vó também não alisa.

A parte dos dentes artificiais mais inteiros desce mais rápido. A chapa mergulha, gengiva rosinha, meu Deus. Mais rosa do que minha irmã bebê, um rosa de tudo. Inclinados descem os dentes. Borbulhas.

Minha vó canta, sonâmbula, uma música de um sambista das antigas:

*Tire o seu sorriso do caminho
que eu quero passar com a minha dor...*

A chapa do meu avô se agita no copo, mordendo sonhos que saem dos limites da cama, sonhos indecifráveis que comem as beiradas das colchas coloridas de retalhos como os gatos da casa afiando as unhas nas mesmas estampas. O sorriso desce lentamente como uma pedra ao chegar ao fundo do poço.

Sonhei que jogava os dentes do meu avô no riacho das Almas, os dentes tingidos pelo cigarro, de palha ou Continental sem filtro, os dentes espantando os peixes, os peixes contando aos outros peixes a lenda da boca assassina e avulsa de Peixe de Pedra, a ex-Desterro, a ex-Santana de não sei das quantas, priscas eras, a chapa do vovô desaguando nos mares, além muito além do rio São Francisco e suas traíras, piranhas e surubins, os aléns e nuncas esmorecidos nas carrancas, mal-assombros submarinos, a voz da professora Heroína ao fundo e Nossa Senhora de todas as leseiras de suores de finais de manhãs do deserto semiárido nos proteja, acorda pra Jesus, menino, minha mãe puxando pelos fundilhos, é hora de caminhar para dentro de mais um dia, criaturinha abençoada, bizungas já nas rosas, os colibris, sanhaçus na goiaba, corrupiões na manga, porcos fuçando o universo, as moscas do mundo inteiro no tacho de leite.

Na beira do fogão de lenha, panela de abóbora cozida, minha vó conta as aventuras do marido noite adentro.

— Mal ele se deita e começam as danações, parece uma guerra, balaiadas, morre gente e tudo, seu avô não presta, revoluções, tiros, bacamartes, guerras militares e civis. Ele come muita porcaria antes de deitar — explica ela, toda quentinha e coberta, manta rosa de crochê sobre os ombros, um retrato. Vovozinha do meu coração criminoso.

De dia é um inferno, caldeira; de noite faz um frio danado por estas paragens, vento por debaixo das brechas das portas, subida da serra, um açoite que vem da chapada. É como se eu ouvisse o barulho daquele vento de novo. Escuto.

— E a pimenta? Virgem, teu avô come chorando, esfrega a dedo de moça no prato e deita feijão e cuscuz por cima como uma escavadeira espalha concreto.

Minha avó acha que a pimenta é que faz as guerras do meu avô mais bélicas durante o sono. Balaiadas, mascates, secessões.

12. O barbeiro

Pensar cansa, eu chego melado de suor ao rancho.
— Sem suor não há o homem.
— Não, pai, é o pensamento na barra do cérebro fazendo exercício o tempo todo, cem metros rasos, marinheiros, cordas, pulos, ringue, porrada, essa coisa de sair vivo do outro lado da margem. Pensar cansa.

Papai agora não acha mais que eu falo tanta asneira. Me acha crânio, embora sua aposta fosse toda no George, mais velho, maioral lá de casa, o único da ninhada que mereceu o nome de um dos Beatles.

Grande coisa, grande bosta, digo, sem arrancar graça alguma, não digo é mais nada, não está mais aqui quem abriu a bocarra e o fedor das cáries.

Quando o batizou de George, aliás, o velho nem sabia quem era o xará famoso, conta o meu tio vagabundo. Apenas tinha ouvido o nome no rádio e achou sonoro, diferente. Faz sentido. O certo é que todo mundo, para simplificar, o chama é de Jorge mesmo. Ele se zanga até hoje, fazer o quê, não tem mais solução. Bem feito.

Jorge, para completar, é um tremendo azarado. Um morcego em fim de carreira desprega do teto e cai justamente na rede de quem em plena madrugada? De Jorge, óbvio.
Meu pai ri das minhas leseiras, como os grilos.
E repare que papai é um homem mais para triste, quer dizer, não dado a gracejos fáceis, enferrujado. A não ser quando bebe. Se bem que seus grunhidos bêbados também são mais ou menos infelizes. Na maioria dos porres, ele chora como um bicho na mata. Meu pai não é de fala. É de resmungos mesmo no quintal de casa. Não sei como existe.

Não, na China inteira não tem um pai mais genial que o meu. Desculpem, colegas chineses. Sei que lá tem muito pai, milhões, tudo bem. Amigos, me desculpem, mas está aqui do meu lado esquerdo, ao volante, o tal, aplausos, enquanto rio da inveja da humanidade, o maior pai do mundo.
Ele ri, envergonhado. Meu pai ainda é desses homens que coram em algumas situações. Ele ri enquanto eu grito pela janela do fenemê que ele é o bambambã, o tampa de Crush, o monstro do sétimo livro, o superbacana, como na gíria idiota do rádio e das revistas. Fica corado.
Meu pai é o último homem que cora.
Eu grito mesmo, bem alto:
— Eu amo meu pai, o gênio que tira vida de onde ninguém imagina!
Eu grito de novo pela janela do fenemê, já tenho idade para isso:
— Maioral! O homem que faz da merda a riqueza e o novo horizonte, o herói que limpa a sujeira do mundo, seus cagões.
O eco nos acompanha até o rancho e assim recarrego o meu orgulho, desavergonhado filho, minha mãe escuta de longe e tem dúvidas sobre tudo na humanidade. Ora, reza.

* * *

O velho é o último homem que cora, que tem cerimônias e bons modos aqui neste vale. Palavra do sr. Antônio Ignácio, nosso barbeiro.

— Em Peixe de Pedra somente não, no mundo, no universo, incluindo todos os planetas e satélites.

O barbeiro ria do meu exagero filial convicto.

— Bom pra chuchu! — diz o sanguinário barbeiro.

Meu pai talvez só empate em grandeza com o pai chinês que inventou o sorvete mais gostoso, digo ao barbeiro, para que ele não ache que não tem sentido o que eu falo, para ele saber que estou por dentro.

— Falou e disse, mas acho que o sorvete foi inventado pelos italianos, não foi?

— China — repito.

— Itália, quanto aposta?

— China.

— Na China foi o macarrão.

— Macarrão foi na Itália.

— China.

— Vamos apostar então?

— Quanto?

— Tudo que meu pai ganha numa carrada de merda.

— Só aposto em dinheiro.

— Dinheiro. Estou falando no que meu pai ganha com o serviço.

— Quantos barões?

— Só sei que é muito.

— Quanto, velho?

— Eu vi na televisão. Foi na China.

— Eu li no almanaque, tenho certeza absoluta.

— Esse almanaque mente muito.
— Quem mente é a televisão. Se o homem foi à Lua, que eu morra com formiga na boca.
— Ele não acredita, pai. Só rindo.
— O velho sabe que isso nunca aconteceu. É ilusão de ótica.
— Vamos nos concentrar na aposta.
— China.
— China o macarrão.
— Itália.
— China.
— Itália o sorvete.

O velho, aborrecido com a conversa e com os talhos feitos no rosto pelo sanguinolento barbeiro, pediu para parar a teima.

— Não carece arrancar meu nariz fora porque você está sem razão na aposta — peitou o barbeiro. — Você também, sabichão, pare com essa arenga. — Sobrou também para a minha elogiada pessoa.

Por bons minutos vi meu pai sem a napa mesmo. Ali encoberta por sangue e espelho. Logo depois do vapor das toalhinhas quentes de Antônio Ignácio, para facilitar o barbeamento, enevoar até o reflexo narigoso.

Agoniado, tirei a latinha de rapé do bolso do velho e espalhei no salão.

Se a napa do velho tiver sido cortada fora, maldito barbeiro, o nariz vai saltar em espirros como um sapo-cururu-teitei.

O velho riu no ato. Nem conseguiu ficar na cadeira de tanto riso, coisa rara na vida dele.

— Isso é coisa de livro da encruada do caritó, né, meu filho!
— China, seu Antônio — disfarcei, achando que vinha bronca.

Que nada. O velho continuou rindo desembestadamente.

O barbeiro não quer ouvir, mas conto assim mesmo, insisto na teima:

Os chineses inventaram o sorvete no ano... Foi a.C., antes do Cabeludo da Cruz.

— "Ei, irmão, vamos seguir com fé tudo que ensinou o homem de Nazaré..." — cantarola meu pai ainda às gargalhadas.

Ele canta a canção que faz sucesso no rádio na voz do cantor Antônio Marcos.

— Mil novecentos e setenta e três, faz tanto tempo que ele nasceu...

Nunca havia visto meu pai em tão leso contentamento.

O barbeiro também não acredita no que testemunha.

Pego com força a mão do barbeiro, ainda sangrando da barba e do nariz do meu pobre pai, e continuo. Agora esse condenado vai ter que ouvir:

— Como eu ia dizendo, seu barbeiro, meu pai talvez só empate em grandeza com o pai chinês que inventou o sorvete...

O superpai chinês descobriu uma maneira de conservar o gelo das nevadas montanhas em caixas mágicas. Tomara que esse inventor nunca tenha tido filho. Assim, fico sendo o filho do pai mais incrível do mundo. O filho do pai mais incrível do universo.

Se o meu pai morasse em um país que tem neve, ele também teria inventado o sorvete. Sem a menor dúvida. Acontece que meu pai e eu nascemos no lugar mais quente do mundo. Aqui em Peixe de Pedra, em algum lugar dos trópicos que nem chega a figurar nos mapas, até a sombra da gente corre para aproveitar a sombra de outras sombras.

Uma guerra de sombras.

Enquanto o sol não cai por trás da serra do Araripe, que guarda Pernambucos, Cearás e Piauís, as sombras trocam tapas e safanões que acabam até sobrando para a gente que foge de réstias e suspeitas. A sombra da serra gigante encobre até as torres de igrejas e repetidoras de tvs do vale. No meio da tarde, a sombra das sombras atormenta a labuta das lavadeiras dos riachos.

As roupas secam à força nos arames, secam por obra e graça da ruindade de seus donos.

Meu pai paga ao barbeiro, diz aqueles desaforos de sempre, que o barbeiro sabe que é gozação, óbvio.

Voltamos ao serviço. Quando o Big Jato arranca, o infeliz do barbeiro grita da calçada:

— Itáliaaaaaaa!
— Chinaaaaa — devolvo.
— A puta que o pariu — o velho berra mais alto.

Se aqui em Peixe de Pedra fosse muito frio, se nevasse, meu pai já estaria milionário. Teria inventado tudo isso que inventam no estrangeiro. Ele sabe disso.

Em alguns dias por aqui nem uma folha se mexe. O vento faz a curva um pouco antes deste precipício. Minha mãe odeia quando o vento resolve chegar até nós e entrar em casa sem pedir licença. Ela vive de janelas fechadas. Tomar vento adoece, adverte minha pobre mãezinha. Depois das refeições quentes, então, o vento mata, perigosíssimo, o próprio demo na garrafa do invisível.

— Fecha essa janela, menino, queres ir para a cidade dos pés juntos?

Minha mãe se preocupa com duas coisas neste mundo de meu Deus: o vento e os porres do velho.

— O vento, para completar, traz o fedor das fossas que o traste do teu pai limpa no longe e no perto — ela me cochicha.

Para minha mãe não tem conversa: é o vento, que mal dá as caras aqui, o trazedor de todas as coisas ruins à nossa terra, os fedores de todas as distâncias. Aqui mal faz a curva, ela fecha portas e janelas. Odeia tudo que vem do sopro da boca grande de Deus.

— Gosto das coisas paradas — diz. — Sempre pensei no mundo deste jeito: tudo quieto e a gente andando o suficiente para não entrevar as pernas. Que venha a pior das novidades, menos essa desgraça que varre o universo, o Criador que me perdoe pelo mal dito. Gosto do arrumado, nada se bolindo ou tremendo, do que não se bole, do certo, do justo, jamais do duvidoso.

Nem a permanente agonia no juízo ela suporta próxima de uma janela, varanda ou alpendre.

— Vade retro, coisa ruim — tange como mosca, mosquito, mutuca, tapa na cabeça, porrada para matar coisinha pouca, ela pisava no vento como quem pisa com sobras de forças em uma barata.

Espremia o pobre ventinho que invadia o rancho por baixo da porta e dele só faltava tirar sangue. Quantas noites, ali na primeira camada dos sonhos, eu ouvia minha mãe na sua luta contra qualquer brisa ou ventania.

Às vezes acordava todo mundo.

— Ainda dizem que o doido nesta casa sou eu — resmungava o velho, o último a se dar conta do embate materno.

13. A Olivetti Lettera 22

— Não fala assim do meu pai, te pego lá fora, seu amarelo de lombrigas.
Eu tremo de raiva.
Mais vermelho ainda, aqueles ódios que esquentam imediatamente o coração e as munhecas de um menino enferrujado, quase ruivo de tudo.
Punhos a postos, embora os muques sejam calangos que nada dizem.
— Tudo que ele tem vem da merda — gritam uns doze de uma só vez.
— Esses Congas vêm da merda, essa calça cáqui, essa blusa branca, essa merenda, esses lápis coloridos, essa mochila, os cadernos...
Eles se afastavam todos, como se fizessem um yeiê, uma dança ridícula de teatro ou de índio, polegar e indicador tapando os narizes. Àquela altura eu já tinha levado tapas, puxões, chutes nas canelas...
— Tudo que o velho tem vem da merda — eles repetiam,

vozes nasaladas, narizes semitapados, mungangas, estripulias do capeta.

O maior desgosto foi quando vi George ao lado deles, na maior fuzarca e amizade. Acertei, em vez dos inimigos de sempre, o nariz de George. Puft. Um direto de esquerda. Toma, filho de uma puta, digo, filho de uma... na hora não tive como pensar que meu próprio irmão estivesse do outro lado naquela guerra. No instante, juro, se eu tivesse uma arma, uma pedra gigante à mão, teria feito uma besteira bíblica.

George, meu irmão de sangue, estava do outro lado, como pode?

Sim, meu pai é o homem que cuida de limpar a sujeira humana da cidade de Peixe de Pedra, ex-Desterro, Nossa Senhora de Santana do Escondido, ou seja lá que batismo esta desgraça tenha ou mereça.

Aquela sujeira que o homem faz e finge não ter nada a ver com ela. A sujeira maior de todos os homens, seja aqui, seja em qualquer outra galáxia. Faz e finge que não está ali quem obrou o milagre. Nem olha para o resultado.

O professor Gideon é que me dá a base filosófica, como diz, para eu me livrar dos humilhantes insultos na escola.

Olhar para o próprio cocô, aí já é ensinamento da minha vó Antonia, mais conhecida como Iaiá, Antonia Oliveira Guedes, a outra vó, de quem também não contei nada ainda, é sinal de que o menino vai crescer livre do despeito e da inveja.

Jamais será um invejoso. É só olhar para a sua merdinha.

— Faz e olha, meu netinho, mira o cocozinho, seja ele duro, seja ele mole.

Acho vovó uma gênia. Ela só falta amassar o cocô quando me fala sobre tais práticas milenares. Acho que isso deve ser o pensamento de algum sábio de bem longe. Do Japão para mais baixo ainda da terra. Vovó vive lendo almanaques de todas as espécies.

Tem cheiro de coisa da Índia o ensinamento, diz o professor Gideon, talvez um invejoso das simplicidades do mundo. Ele explica tudo de um jeito afetado.

Descobri muito tempo depois de onde minha vó tirava os saberes do mundo. Coisas do almanaque *O Juízo do Ano*, Folheteria Casa dos Horóscopos, rua Todos os Santos, 263, Juazeiro do Norte, de autoria de Manoel Caboclo e Silva, um homem comprido e afilado que vivia no meio de uma bagaceirice tipográfica dos tempos de Gutenberg, aqui nos derredores de Peixe de Pedra, com a sua Olivetti Lettera 22 no colo, como quem dá leite a um cabrito enjeitado pela mãe, como quem mima e depois maltrata, num cata-milho desumano, tlec, tlec, tlec desgraçado, zoadento como a retreta de um jazz do fim do mundo.

Desde que iniciei meu curso de datilografia, virei um monstro a descobrir todos os tipos de engenhocas. A Olivetti Lettera 22 era a minha predileta, a máquina.

Chego mais cedo só para pegar uma verdinha-água daquelas. Chego, abro o manual de datilografia — para aprender com ou sem mestre —, autoria de Gilberto Miranda, capa amarela, editora Globo, Porto Alegre, 1973.

"A datilografia está ocupando um lugar cada vez mais importante na vida do homem moderno", diz a introdução das aulas. "Seja nas suas atividades comerciais, profissionais ou particulares."

Que linda a Veridiana hoje, cabelos molhadinhos, cheiro de Neutrox, Jesus, como enlouqueço com esse cheiro de condicionador de cabelo.

"O ritmo de vida atual impõe as suas características também à escrita, que hoje deve ser racional, rápida, de máximo rendimento e correção."

Muito prazer, máquina de escrever.

Bom dia, redação própria.

NOMENCLATURA
1) Barra de espaços
2) Tecla de maiúsculas
3) Fixador de maiúsculas
4) Tecla de retrocesso

Meu pai ficou em dúvida se me daria a máquina ou se me levaria para ver o mar como presente.

Viu que eu não tinha tanto apego assim à grandeza marítima, que sabia de fotos, da TV e das conversas de dois ou três meninos de Peixe de Pedra que estiveram no Recife, além daquela obsessão da professora Heroína pelo nosso período cretáceo, essa história de que tivemos um mar na frente das nossas casas antigamente.

Oceano por oceano, o vale e a chapada, ali nos nossos beiços, já haviam sido mares muito mais importantes, entendo, e muito antes dos mares baldeados das capitais. Não é à toa que hoje escoramos nossas portas com as pedras de peixe, como chamamos os fósseis, daí a dúvida no novo batismo da cidade: Pedra de Peixe ou Peixe de Pedra? Decidiram-se, sem consultar ninguém, por este último. Não poderia era ficar o amaldiçoado nome antigo, Desterro de Nossa Senhora de Santana, ou simplesmente Desterro. Com este o município não conseguiria desarnar, sair do canto jamais, se é que nome vale alguma coisa em geografia. Em gente sim, eu acredito, vale o cartório. A esta altura não sou mais de batizar ladeiras.

    Sim, meu pai limpa a sujeira dos homens e despeja cada vez mais longe os detritos, as sobras completas dos humanos desta joça.
    — E o céu olhava do alto a carniça que assombra/ Como uma flor desabrochar./ A fedentina era tão forte e sobre a alfombra/ Creste que fosses desmaiar.
    Lá vem o professor Gideon, sempre lembrando esse mote.
    — Bodelé! — ele grita de longe. — Bodelé, escreve-se B-a-u-d-e-l-a-i-r-e! — explica muito bem explicadinho, sempre.
    Diz isso, a loa da tal alfombra, e berra Bodelé como um cabrito desmamado perdido na pedreira ali de cima. Corre e me abraça como se eu fosse um filho. Vê poesia no meu infortúnio na escola. Aquele bando a me perseguir por causa da merda do Big Jato. Como se eu não sentisse orgulho da forma como meu pai ganha a nossa vida. Como se eu precisasse de poesia na defesa.
    O professor Gideon me pega de um jeito estranho, com um peso a mais na mão que sobra sobre minha cintura, meu ombro. Sabe aquela mão de homem que demora sobre o outro? Não vou dizer que é bom ou ruim, só estou dizendo que não é de todo comum. É uma teoria aqui do deserto: se um macho demora um pouco mais com a mão sobre outro macho... Trata-se de um baitola, um perobo, um cai dos quartos, um frango, um falso à bandeira, um veado.
    Essa coisa de alfombra, sei não, por que falar tão difícil? Fa-

lou difícil é falso à bandeira. Aí já é filosofia do meu velho mesmo, empedernido macho-jurubeba.

Alfombra. O professor enchia a boca e engolia com gosto a palavra.

O velho limpa a sujeira dos homens e despeja cada vez mais longe aquela imundície que iguala todos nós, como pensa meu pai, naturalmente superior, claro, não tenho dúvidas. Ao mesmo tempo um dos homens mais humildes do universo. Ele sabe que a vaidade, mais do que a inveja, é uma merda. Deveria pintar o letreiro no caminhão: a vaidade é uma merda. Vou dar a ideia, quem sabe. Não, melhor não, o velho fez, recentemente, uma jura de não falar a palavra "merda". Se bem que é por escrito; é diferente de pronunciá-la.

Não, deixa o velho em paz com as suas convicções. Melhor dizer a ele isto aqui, ó, que tirei do folheto da missa de domingo: "Vi tudo o que se faz debaixo do sol, e eis: tudo vaidade, e vento que passa".

Vai achar que é coisa de livro da biblioteca da tia sedenta de homem. Jamais coisa de Deus. Vai dizer que pior é a honra. Pior que a vaidade. Ele acha. Por honra e orgulho viu muitos tombarem bestamente, é o que diz. Mas não seria a mesma coisa que vaidade?, me pergunto no caminho detrás de casa, onde procuro sempre uma boa sombra para o pecado solitário.

Vou sempre muito longe. Uma miséria te flagrarem nessa humilhação do gozo. George, quem mais poderia ser neste mundo, uma vez me espionou. Eu revirando os olhos e o filho de uma rampeira me joga uma pedra, uma pedra não, um torrão de barro que se esfarinhou todo na moita. Foi a segunda vez que meu sangue pediu para esganá-lo.

Caim e Abel, uma realidade bem próxima. Breve neste cinema de Peixe de Pedra. Juro.

* * *

    Meu velho tem uns orgulhos bestas com a minha mãe. Talvez por ignorância, como ela diz, não estudou e não valoriza os estudos. Quando é grosso demais da conta com ela, reparo que fica arrependido. Não diz nem pede perdão, aqui no vale quase não existe esse tipo de agrado em homens como ele, mas o arrependimento gruda na remela quando acordam.
    Reparo que pensa, mas não diz nunca. Eu que adivinho pelos seus olhos tristes. Têm um verde estranho os olhos do velho, quase não são verdes de tão cinzentos, ainda mais depois de gastar os seus modos mais brutos. O verde tomado pelo cinza, como o rastejar de plantas quando a chuva desampara. Só vi mais ou menos parecido nos olhos de um gato-do-mato, ele deve ter sido um gato-do-mato nas vidas passadas ou ter roubado, caçador esperto, esses olhos de um felino selvagem da floresta onde morava em outras encarnações, meu pai não era aqui de perto, diz para nós todos, sem nunca ter dito de onde veio mesmo.
    O professor Gideon me deu de presente *O chamado da floresta*, que comprou do Jeremias, revendedor na cidade do Círculo do Livro, e desde então imagino que o meu pai se parece com os homens daquele lugar e tempo.
    — Ih, lá vem com as perobices da biblioteca. Eu juro pela luz dos meus olhos que se não aparecer um macho pra tua tia eu mesmo faço essa caridade e tiro aquelas teias de aranha — resmunga o velho. — Queijo miserável coalhado no juízo.

    Acho que meu pai era o Buck nas vidas passadas:
    "Buck não lia jornais, senão teria sabido quais aborrecimentos estavam sendo preparados, do estreito de Puget a San Diego, para ele e outros cães de grande porte, com músculos fortes e pelo quente e espesso."

* * *

Estou na boleia do fenemê com o meu pai, mais uma bendita vez, e vejo as pessoas nas calçadas de Peixe de Pedra.

— Vagabundos — diz ele, o velho, mas podemos chamá-lo de Buck, já contei para ele toda a história. Ele não deu a mínima, coisa de livro, tudo culpa da estiagem de pica e do caritó da moléstia da tia que zelava os livros da biblioteca.

O velho Buck rindo, o que não é lá muito fácil, mais uma baforada no seu cachimbo de ervas e um gole na garrafa de aguardente com cascas e raízes de árvores do deserto.

— Filho, um dia também atendo ao chamado da mata da serra do Araripe e viro bicho de novo.

Pela primeira vez o velho havia entrado na minha onda. Primeira, breve e única, se bem que riu com a história do nariz na barbearia, já foi um grande começo.

Meu pai sempre bebe para aguentar o fedor do seu ofício. É o que diz. Meu pai sempre bebe demais.

— Desculpa safada — ouço o eco da minha mãe trincando as telhas velhas de casa e vendo Deus pela brecha das goteiras.
— Pior é o coveiro, o Cosme, que aguenta a catinga dos defuntos e nem por isso bebe tanto quanto esse traste.

Ela diz que o quarto incendeia de tanto álcool, paiol que não aguenta um fósforo.

— Lamparina jamais de noite — graceja, quando a raiva dá um tempo. — Se bem que era o melhor que Deus promoveria, a queima das nossas desordens, nossos pecados todos viravam cinza.

Cada vez mais religiosa. Nem mal do vento fala mais, "aragem divina", diz, mas continua fugindo dele como de costume.

Minha mãe, cada vez mais temente aos céus. Está correta na sua certeza sem volta.

As pessoas nas calçadas passam correndo nos meus olhos, eu aqui na velocidade da boleia, quarenta, cinquenta quilômetros por hora.
— O que as pessoas conversam, pai?
— Apenas duas coisas, sempre, meu filho: bosta e a vida dos outros.
— A vida dos outros é tão boa como a nossa, meu pai?
— É a que restou para eles, filho. Morrem de inveja.

Mastigo aquela resposta como um carneiro no pasto ralo entre o cinza e o verde da primeira chuva, entre o verde e o cinza do olho do meu velho. A engenhoca de madeira da minha pobre mente tapada range algo como "jhrtndjtyçz@+ysd". Algo como o que fiz na máquina de escrever na primeira aula de datilografia.

Uma Remington grandona, esquisita, prefiro a Lettera 22, Olivetti, já disse à professora, que não disfarça a sua queda pelas Underwoods e por uma solitária Burroughs que fica na sua prateleira como a estátua ao lado da imagem de Nossa Senhora do Perpétuo Socorro.

Meus olhos em tudo pareciam saltar de uma lente para outra: verde, cinza, verde, cinza... Como o pasto aos mesmos olhos de vacas magras que sonham distantes estações holandesas — tem um quadro de uma paisagem com vaquinhas em preto e branco na sala de jantar da nossa casa. Já sei onde fica a Holanda, eu vi no atlas, parece bem mais longe. As vacas holandesas são dos Países Baixos. O bronco do barbeiro será incapaz de entender isso na nossa próxima aposta geográfica.

No curso de datilografia, sou o mais novo na sala, embora eu não seja mais criança. Longe, léguas disso, noves fora zero e outras tabuadas do tempo. É que a maioria faz o curso para arrumar trabalho, eu já tenho o meu ofício do lado direito do velho, na boleia, eis o meu presente e o meu futuro, segundo vejo. Vejo não nas bolas de cristal, mas nas bolinhas de gude, as que nos dizem tudo, embora sejam minúsculas e sirvam apenas para vadiagem, buraco ou bila, é o grito nas competições do chão da praça municipal desta miséria.

Cada vez mais desbocado, tem a quem puxar esse peste, escuto a observação da mãe a se repetir no juízo. Deus te livre do destino fedorento do sangue do teu sangue.

Meu velho agora me prometeu uma Olivetti verde portátil novinha em folha. Vai tentar conseguir uma Lettera 22, atender ao meu gosto, quem dera, sonha, macaco, talvez encontre no ferro-velho do seu Lunga, em Juazeiro, o homem mais ignorante e grosso do planeta — meu pai é um lorde inglês perto dele, diz todo mundo por estas plagas.

O bicho é todo enferrujado mesmo. Meu pai é um santo. Um dia fui com o meu irmão George comprar uns rolamentos para fazer um carrinho de rolimã decente.

— Seu Lunga, deixa eu ver aqueles rolamentos. — George apontou as peças na prateleira.

— Se é pra ver, já viram, e vão embora daqui agora mesmo, seus vagabundos dos seiscentos.

Fico tentando escrever à máquina, como se os barulhos fossem palavras.

Lembro da figura 29 do manual prático: "Tabulador milagroso".

Logo depois, figura 30, "Alavanca dos marginadores automáticos".

Às vezes escrevo de olhos fechados também. Para ver como escreveria um cego, o cego Aderaldo ou o cego Heleno, o da rebeca e o da viola, também viventes entre nós, ou só para inventar moda com a professora, que faz cara de contra quando mal penso as minhas pobres novidades e idiotices para movimentar o nada.

Enquanto os outros alunos ficam catando milho asdfg, mão esquerda, hjklç, mão direita, mínimo, anular, médio, indicador, indicador, médio, anular, mínimo, eu tento imitar o barulho do motor do fenemê, o barulho da sucção da merda do Big Jato, o espirro do nosso gato preto — zzzungrunvrisjehstrjcz —, o grunhido de onça da minha mãe, Maria Bom Nome, tentando justamente botar ordem no mundo inteiro com seus sermões solitários sob algarobas que nunca florirão nesta terra.

Um solzão danado e minha mãe na sombra das algarobas dizendo Salmos. Quem passa pela estrada há de dizer: abirobou-se de vez a mulher, meu Deus, a família vai ter que amarrá-la, como fazem aqui com os doidos varridos e os cachorros em noites de lua nova.

Maria da Paz, Paizinha, uma prima da minha mãe, vivia na corda ou na corrente boa parte dos meses. Sempre num quarto escuro. Certa noite de cheia, um inverno monstruoso de tanta chuva, largou-se dos nós e morreu arrastada pela correnteza do açude do Barro Vermelho. Uma horda de homens para tirá-la do fundo das águas.

BéééééZzzungrunvrisjehstrjcz...
Também aproveito para escrever em caprinês, a língua dos bodes e das cabras. Eu domino estas terras perdidas, pedreiras, baixios e murundus. Entendo claramente o que dizem e os seus ecos guardados no juízo. Porque eu escuto as coisas. Qualquer mexido ou canto. Agora não perco barulhos para o vento.

Os seres, humanos ou caprinos, obedecem mais ou menos às mesmas regras da máquina de escrever, o teclado universal, regra 4 do manual prático: "Quase todas as máquinas de escrever adotam a mesma distribuição dos tipos no teclado, no que se refere às letras e aos números. Entretanto, varia em geral de uma máquina para outra a distribuição dos acentos e dos diferentes caracteres como £ ou %".

As cabritas cheiram as minhas roupas no varal. Uma mais que as outras, uma cabrita branca com manchas negras, que vai direto às minhas calças de menino a caminho de ser homem, cheiro de gala, gosma, gozo, porra.

14. Ezequiel 4, 12

O tanque do fenemê está cheio, vamos despejar cada vez mais longe da cidade.

— Ordem, filho.

— Os homens da lei fingem que não cagam, né, papai?

— Julgam que não, filho, melhor não mexer com eles agora, deixa.

O sonho do meu pai, é o que ele diz, é um dia fazer um churrasco de autoridades, ideia do seu amigo Whorton, açougueiro a quem revende os porcos maiores. Um churrasco só para os melhores amigos.

— Comer gente, pai, tá louco!?

O velho e o seu açougue:

— Picanhas parlamentares, filho, já pensou que muciças, cevadas; costela de primeira-dama; maminha de juíza, filho!, dobradinha das tripas do bispo ou do padre, dobradinha à moda do Porto, filhote, não é qualquer coisa, é iguaria da mais fina, nos lambuzaremos, filho, de lamber os beiços, meu menino.

* * *

O tanque do fenemê está cheio. Mal o velho caminhão anda. Range caras feias, como as cólicas dos que evacuam com extremo sofrimento. O velho caminhão estrebucha na curva.

— Depois que a Alfa Romeo comprou a FNM, filho, esses caminhões viraram uma...

Meu velho passou a evitar o quanto podia a palavra "merda" mesmo, agora acredito, por incrível que pareça. Imaginei que fosse apenas promessa. Julguei que não era sério. Agora vejo como tem vigilância sobre o dito. Achava, por certo misticismo, que não devia maldizê-la em sentido impróprio. Tudo que possuía até então devia à dita-cuja; o suor para ele era sagrado. Até citava a Bíblia, andava com as fuças no Evangelho, logo ele que desdenhava da religiosidade recente da minha mãe:

"Tomarás esse alimento sob a forma de torta de cevada, cozida em fogo de excrementos humanos, e à sua vista" (Ezequiel 4, 12).

Pedia para repetir com ele: "Tomarás...".

— Depois que a Alfa Romeo comprou a FNM, filho... A FNM era a única coisa do Brasil que funcionava direito — berra o velho. — A Fábrica Nacional de Motores nos orgulhava.

Meu pai tenta acelerar e não consegue.

Só não tapo o nariz porque realmente não sou mais criança e já me acostumei com o serviço. Quanto mais acelera o fenemê, mais as pessoas nas calçadas fogem. Desta vez, sim, vaza algo. Não é apenas intriga do povo peixeiro-pedrense. Pelo menos desta vez, não mesmo. Eu nem olho. Até o retrovisor está manchado.

— Tudo, menos no meu bigode! — diz o meu velho, subindo o vidro.

Até nos seus óculos esverdeados bifocais fundo de garrafa tinha algum naco. De merda. Entorna mais um gole gigante de bagaceira e muda a tromba de homem triste para a risada nervosa. Acho que o cheiro, digo, a catinga, o enlouquecia de algum jeito.

— Segura firme que desta vez vamos voar, filho.

A boleia estrebucha vrummxhungrsssssxongggkjj. O motor ferve. Tenho a sensação de que vamos sair voando como um avião aos pedaços espalhando merda no mundo inteiro.

O motor-rádio, que estava só chiando nas ondas curtas, num estampido toca milagrosamente "Yellow submarine, Yellow submarine...".

É agora, se segura, vamos voar de vera.

Dificilmente tocava no perímetro urbano, onde o rádio costumava não pegar direito.

Vrumpavrumtcheéézinncrahsssss...

Finalmente a supermáquina, o poderoso Big Jato, com dois homens à frente e não sei quantos metros cúbicos de excrementos no tanque, sobe a ladeira das Grandes Esperanças. Na minha cabeça ficou esse nome. Meu pai agora também chamava por esse nome, que triunfo, a subida mais alta da cidade. Bonito nome, dizia ele, orgulhoso do filho, creio, de alguma maneira. Havia dissolvido a raiva da tia Vanilda e das más influências da biblioteca.

Acho que meu pai tirou o queijo do juízo da tia. O velho comeu. Creio. Ele falava com muita vontade. Agora que cresci, penso nisso. O velho tinha um tesão miserável com o jejum da bibliotecária. Comeu. Não teria como perder a ira que nutria por ela do dia para a noite. Comeu que eu sei.

A carcaça enferrujada desse caminhão não pode ouvir os Beatles. Parece que possui um sensor, algo sentimental, que acusa a sonoridade Lennon & McCartney. Pode faltar o diesel, mas se tocar uma canção na hora, ele ganha os ares, quer voar mesmo, de teco-teco vira Boeing.

Dito e feito. O rádio falhou um minuto depois e com ele o caminhão esmoreceu também, bufando desistências, além do fedor de merda e combustões.

Queria que você visse a cara do velho nessa hora.

Meu pai nesse dia estava agoniado do juízo.

Havia feito planos do tempo certo de despejar o tanque e ouvir um programa só dos Beatles numa rádio estrangeira que ele achava nas ondas curtas, na terceira ou quarta faixa, bem à esquerda do dial, quando o caminhão, na sua estirada, atingia os quinze, vinte quilômetros de distância da cidade.

Quando não sintonizava nesse marco, um novo sinal só era possível nas proximidades do Caldeirão de Santa Cruz do Deserto, léguas ao norte.

Por causa dessa sintonia difícil, despejava o tanque cada vez mais longe.

Desculpa para ouvir os *cabelim pastinha*, eu imaginava.

— A estrada vazia me faz pensar que o deserto, de tanto se repetir, vai acabar virando a eternidade, filho. — Era o que ele sempre repetia nessas ocasiões.

15. Caim

Não que a cabeça seja tão grande, como a dos meninos nascidos aqui neste vale. Agora, não é?, mirando no espelho, não há como negar: cresci, mas a cabeça cresceu mais do que todo o corpo, que cabeçorra.

Antes, apenas as orelhas chamavam a atenção neste magrelo, sibito baleado. Sem esquecer que a napa, na nossa família cheia de sobrenomes de bichos e árvores, sempre foi uma atração à parte. Então imagine o conjunto completo da obra. Estou, porém, ficando cada vez menos banhado pela ferrugem. O peito também é estranho, me vejo agora no espelho, o peito é muito alto, meio titela de pombo magro.

Reparando bem, meus olhos possuem um ar de tristeza que engana.

Não sou bonito, já disse tudo, sou daqueles que as visitas de domingo costumam elogiar pelo comportamento: que menino educado. Minha tia Maurinha, entregue às resignadas cinzas do caritó e às fotonovelas da revista *Sétimo Céu*, vê uma beleza nos meus olhos que nenhuma mulher viu ainda:

— Tens abelhas nas retinas, olhos melados, menino, te assenta nas flores das coxas das raparigas, escutas o que digo.

Minha tia Maurinha me pega de um jeito muito estranho, mas eu gosto. Ela me aperta. O que será ter abelhas nas retinas? Isso me deixa meio... agoniado do juízo. Coço os olhos até ficarem muito vermelhos.

Mas melhor não saber o que isso significa ainda. Nunca perguntei a ela o que quer dizer os seus dizeres. Muito menos à tia Vanilda, que morre de inveja da beleza de Maura. Meu pai, acho, tem tesão nas duas.

Uma dos livros, outra da vida.

Outro dia, olhos fechados no banho, lembrei de outra tia, a Matilde. Aquele jeito de puxar minha cabeça entre seus peitos macios... Aquilo, sim, nem tanto às traças da biblioteca, nem tanto ao mar das saladezas desabridas.

Minha tia Matilde é a cara da minha mãe e as duas são uma só nos meus sonhos. Só que a tia é mais nova e nunca está enfezada, além de ter uma tanajurice muito além da conta e de todas as Iracemas, sabe os lábios de mel? Não provei ainda, mas deu vontade de morder até as fichas de leituras do colégio que falam de tal índia da gruta de Ubajara.

Minha mãe é durona, nada carinhosa. Afinal das contas é minha mãe, entendo.

Minha mãe tem medo que eu fique parecido com meu pai. Não gosta que eu seja o único entre os sete filhos que aprecia a boleia. Meus irmãos estão cagando e andando para o que faz o velho. É o que dizem, rindo, eles têm um pouco de vergonha do nosso sustento. Não deixam, porém, de fazer piadas e trocadilhos com a situação. Outro dia vi Pedro negar três vezes que fosse filho do dono do Big Jato. Além do murro que tive que desferir no nariz de cavalo do George anteriormente. Pedro não tem vergonha na cara; temo ser o Caim de George, embora minha couraça seja de Abel. Eu só não disse nada naquele instante, quando Pedro negou repetindo banalmente o seu xará apostólico, com medo de apanhar depois. Ele é violento, forte, burro, e repete a Bíblia ao pé da letra sem ter noção do que diz. A palavra.

Mais violento que forte, mais forte do que burro. Apanho muito dele, mas, confesso, às vezes eu mereço. Aporrinho o juízo mole. Meu irmão Pedro, o mais velho, é o homem mais burro do mundo, diz meu pai, convicto, embora tenha uma observação que procede. Ele acha que neste vale só tem um cara que empata com Pedrão: seu Virgílio, o guarda da biblioteca. E outro que chega perto: seu Dioclécio, o carvoeiro. Não sabem nem o rumo da venta.

Seu Virgílio acha que a televisão, que chegou por estas bandas recentemente, é uma coisa do demo, ilusão de ótica. Sempre vira a cara quando passa na frente.

— Esse aparelho veio para cegar todo mundo, não espio para isso nem amarrado, Antonio Conselheiro e o padim Ciço já previam essa besta-fera — faz sermão. — É o belzebu puxado a luz elétrica.

Seu Dioclécio, bem, seu Dioclécio pode ter a sua ignorância, mas é uma ignorância muda. É calado porque não tem o que dizer mesmo, comentam sobre ele.

— E o sim no casamento? — perguntei ao meu pai. — Como seu Dioclécio se virou diante do padre?

— Balançou um não com a cabeça, mas o padre Cristiano entendeu que ele queria dizer o contrário — explicou o meu velho.

Meu pai acha que nesta vida é melhor ser burro ou se fingir de doido mesmo. Ele diz que sofre menos. Repare no Pedro. De burro Pedro não tem é nada, acho.

— O resto é uma lenga-lenga dos infernos. Inteligente para quê? Para pensar até sobre uma folha que cai sobre a terra? Que adianta? — aceita o velho.

Melhor do que ser burro, me explica, é ser visionário. Como o Príncipe Ribamar da Beira-Fresca, que só pensa em se casar com a princesa Isabel, a libertadora dos escravos, ano de 1888, segundo os livros. Até decorei o nome completo dela: dona Isabel Cristina Leopoldina Augusta Micaela Gabriela Rafaela Gonzaga de Orleans e Bragança.

Quando eu soube na escola que a princesa havia se casado com o conde d'Eu, fui direto ao nosso Príncipe. Na frente da sorveteria da qual tirou o apelido, Ribamar, na sua nobreza de ébano, apenas sorriu e desmontou a minha maldade. Virou meu melhor amigo, cresci uns dez metros naquele instante. Fiquei sabendo logo da sua arte e do seu batismo: Joaquim Gomes Menezes, de certa forma nosso parente. Pela parte dos Menezes.

Aproveitei a intimidade para perguntar sobre os seus projetos faraônicos, como a Mina de Espermatozoides, a Fábrica de Fumaça, a Cavalaria Marítima e a Máquina de Desentortar Bananas, como todos falavam na região havia muitos anos. Ele sorriu de novo. Nem quis saber de mais nada. Tudo lorota que mentira boa. Aí é que aumentou mesmo nossa amizade.

— É o fraco! — Dei o grito de guerra local para saudar meu novo chapa. Fora meu pai e, em raras ocasiões, meu tio zureta, eu não tinha amigos.

Na escola até fiz diversas tentativas, mas os embates e conflitos sobre o Big Jato levavam até o meu irmão, como já contei, para o outro time. Aproveitei as confusões para fazer da boleia do fenemê e da companhia do meu velho o melhor lugar do mundo, um retiro, um exílio sobre rodas. Gosto mais dos adultos, como agora no caso do Príncipe. Acho que sou adulto. Pronto. Está decidido.

Ribamar era um mestre na mais difícil das artes de antigamente: amarração de cumeeiras de casas no tempo em que não existiam parafusos para arrochar as tábuas sob as telhas. O Príncipe Ribamar da Beira-Fresca me contou segredos. Sobre a carpintaria e o amor, inclusive.

Amava, sim, Isabel. O mais eram detalhes que aos outros não interessavam. Tampouco o que ouvia na cidade sobre o assunto. Me disse exatamente nessas palavras. Teria pesado a história de a branca Isabel ter assinado a Lei Áurea, que libertou negros como o Príncipe da cruel escravidão dos trópicos?

— Pense, meu menino, pense em casa, porque para quase nada ainda tenho respostas — disse.

Depois me contou muita coisa sobre como amarrar de forma segura a cumeeira do mais alto dos casarões. Sem usar sequer um prego, tudo no encaixe da madeira e na precisão divina.

No único mês em que venta muito por aqui, agosto, minha mãe fica com medo de que o vento me levante pelos ares e as orelhas de abano virem asas. Para que o vento não me arraste para outro mundo, ela tenta me engordar de qualquer jeito.

Minha mãe diz cada coisa, ainda mais por detestar a minha proximidade com o velho, que ela julga o único amor da minha vida. Acha que só vejo o pai na frente, nem o que vem depois, o horizonte, a pouca chuva daqui, as árvores, o fogo, as nuvens, nem mesmo o vento eu sinto, ela rumina.

Também vejo o que se passa na cabeça da minha mãe quando olho bem de perto nos seus olhos castanhos mais tristes ainda do que os olhos gatinhados do meu velho. E tem um sinalzinho vermelho de carne no canto de cada vista materna.

Olho para a minha mãe e vejo a tia Matilde de corpo presente ou quase. Sonhos são sonhos. Como os de ontem. Os peitos, os dedos longos, o esmalte sempre renovado da tia Matilde no lugar da imagem materna que não guarda tempo para a vaidade; o sol sobre a moleira que faz sulcos no rosto da minha mãe como se o preparasse para uma agulha que toca sentimentais vinis de setenta e oito rotações. Quando ela me olha, reparo que me vê avoando, perdido, arribançã ou concriz, quem dera bicho de gaiola, menino para todo o sempre.

Eu já sonhei voando dessa maneira que minha mãe imagina. Sobrevoava a cidade como um pequeno monstro pré-histórico. Igual ao fóssil que acharam outro dia no quintal do sr. Honório, João Carlos Honório, o seu Joca da rua da Masmorra, antiga Calabouço, um fóssil de um pterossauro pequeno na terra dos pterossauros gigantes.

Aqui na chapada de Santana, que avistamos do terreiro do rancho. Ali, ó! Os gringos levaram para o estrangeiro a relíquia de cento e dez milhões de anos, no mínimo.

É tanto fóssil em nossa vida que as portas são escoradas com pedras de peixes, como a gente chama os fósseis mais comuns, talvez já tenha contado isso. Crescemos chutando essas pedras nos quintais e arredores. Nas peladas, os rachas do futebol, é com fósseis que marcamos as traves, as barras, os gols.

Gosto de sonhar voando, como os pterossauros. Quando digo isso, meus irmãos, antes de dormir, fazem uma ola nas camas, maneira educada de me chamar de veado, perobo, sensivelzinho desgracento, mofinas. Mentira. À vera estou apenas copiando de novo meu tio vagabundo, que tira tal onda com os estrangeiros compradores de fósseis, para enganá-los.

— Fantasia, meu sobrinho, fantasia hoje, ontem e sempre, é a vacina contra novos e velhos males — diz meu tio, pavoneando-se.

Quando ele conta que todos do povoado costumam sonhar voando como os pterossauros, os gringos deliram, olham uns para os outros, *yes, yes, yes, yes, yeah, fantastic.*

Como são bestas os que vêm de muito longe, aprendo com meu tio, compram até as nossas sombras. Ele aproveita e faz uma manobra, o tio faz munganga, mágica, com o desenho dele mesmo na parede, bicho magro lazarento. Aproveita a passagem de um carneiro e se posiciona de modo que reflete na parede como se estivesse montado no bicho. Juro que não entendo como é possível. Um cinema. Ilusão de ótica.

Dizem que sonhar voando é o momento em que estamos crescendo. Já me medi depois de um sonho desses e vi que faz todo sentido do mundo. Até marquei na parede o meu tamanho.

Tomara que faça sentido também essa história de que orelha de abano é sinal de vida longa. Estarei feito. É só reparar nas fotografias dos meus avós, uns matusaléns, uns cágados, uns Tutancâmons, uns jabutis que escondem milhões de crepúsculos debaixo dos cascos.

16. O dólar furado

— O que é *yesterday*, papai?
— Tudo que já passou, meu filho, e pronto, e priu, já era.

Meu pai não sabia inglês, mas sabia o que era *yesterday* e mais umas duas, três, quatro palavras, se muito. Por causa das músicas dos Beatles, meu pai um dia conseguiu conversar com um desses gringos que vêm aqui buscar as pedras. O galego dizia uma coisa; meu pai dizia títulos de canções do conjunto inglês. Estava bêbado, claro, sóbrio ele quase não fala.

Meu pai adora as canções, não compreende quase nada do que elas dizem, mas sabe o que querem dizer com elas. É o que fala o meu tio e eu escuto.

Música é música. Quando boa, mais fácil ainda. Pelo menos nisso eu acredito. O velho sabe só alguma coisa perdida, se muito, acho, mas música é música, como repete o tio malaco. Papai só sabe um pouco daquela do revólver. Porque viu uma tradução numa revista chamada *Realidade* que Paturi, de Nova Olinda, homenzinho aleijado da banca de revistas, guardou de presente.

Os rapazes de Liverpool.

Nesse dia, lembro, eu usava a minha primeira camisa de volta ao mundo, verde-clara, quase água com limão, quase garapa de cana. Um pano que não carece passar, engomar, minha mãe fica besta. Volta ao mundo, o pano, a fazenda moderna. Minha mãe gosta e não gosta do tecido.

Gosta porque economiza um certo tempo em tanta coisa que faz por nós todos, sete filhos e um pai reimoso. Ao mesmo tempo, minha mãe odeia o pano. Sente que um tempo estranho se aproxima. Um tempo que não deixa uma mãe sequer gastar a devoção com suas criaturas para além das brasas do ferro de engomar. Foi o que ouvi outro dia, sem entender direito do que se tratava ao pé da letra. Agora entendo, sim, mãezinha, não sei é o que lhe digo.

Não há agonia maior para uma mãe do que ver seus filhos migrando do colo para a rua, para a estrada, para o mundo.

Pedro, o mais velho, já anda pela casa dos vinte e tantos, bigode ridículo, panca de caubói de terceira, um tosco. É isso que vejo nos olhos tristes da minha mãe com o ferro à brasa na mão esquerda mirando a camisa volta ao mundo que sai do varal direto para nossas costelas.

Acho que minha mãe fica braba por não passar essa camisa.

— Já, já vocês não vão precisar de mim mesmo — resmunga, encoberta pelo varal no terreiro quando o vento dá nas roupas.

Entre minha mãe e o ferro à brasa, cabritas que berram e pulam para alcançar a volta ao mundo verde-limão das nossas vestes. As cabritas buscam as roupas de quem se inicia sexualmente com elas, saltam tentando alcançá-las no alto, farejam, nos chamam com infinitos bés. E eu entendo a língua. Caprinês é comigo; melhor, cabritês, acho, bodês, a língua universal, o nosso esperanto.

Minha mãe, enfezada, larga o varal e corre para ligar o rádio. No que Omar Cardoso, o astrólogo, reverbera, justo nessa hora:

— Todos os dias, sob todos os pontos de vista, vou cada vez melhor!

Essas coisas de horóscopo me pegam. Balança é um grande signo.

— Teu pai acabou com o horóscopo de vocês, registrou todo mundo com data errada, esqueceu a hora dos nascimentos, nunca poderão fazer mapa astral, porque hoje, com esse juízo cansado, também não consigo mais lembrar direito, culpa da cachaça do teu velho, essa trepeça infeliz.

Por força dos Beatles meu pai um dia conseguiu, sim, conversar com um desses gringos que vêm buscar fósseis da bacia do Araripe, terreiro de casa. O gringo e o meu velho morriam de rir enquanto entornavam garrafas de aguardente com raízes e cascas de árvores, outra grande especialidade do mestre.

Especialista em quase tudo e desentendido da vida em geral, como calunia meu tio Nelson, por graça.

— O segredo, filho, está na umburana e um tanto na aroeira, embora os ignorantes acreditem sobretudo nos milagres da catuaba e da tiborna.

— Há controvérsias, pai — eu o arremedava.

E meu pai contando as coisas do momento e as coisas de mais adiante. Comecei a perceber como ele mentia também no futuro indicativo.

No presente nem se conta.

No passado, arre!

* * *

Meu pai só fica alegre quando bebe. Ele compra tubos e mais tubos nos alambiques, cachaça bruta, de cabeça, e envenena, é o que diz, a seu gosto, com cascas e raízes.

— Envenena?

Taí outra coisa secreta.

Muda de assunto. Envenena e diz que jamais precisou comprar um remédio de farmácia. Cura para todos os males.

Meu pai só fica alegre quando bebe, repito.

— Que triste! — é o que diz a minha mãe, sempre.

Até para pedir a mão dela em casamento, tomou o porre da coragem, conta, chegou com bafo de onça.

— E repare que eu era linda, meu filho, princesa!

Só me importo que o velho se anime, mesmo à custa do fogo que lhe sobe às ventas e tinge de vermelho os olhos, mesmo à custa da garrafada Sombra Severa, sua invenção nova, aguardente e sete tipos de cascas de árvores, cascas raspadas sob a lua nova, a lua dos cachorros com raiva.

O resto são lundus, pantins de minha pobre mãezinha, que não se anima com quase nada. Só pensa em fazer oração.

Certa noite, chá de erva-cidreira na beira do fogo, perguntei qual seria uma coisa que a animaria como a bagaceira anima o velho. Ela disse:

— Acordar um dia com tudo arrumadinho aqui em casa, tudo educado, ninguém com arenga, flores amarelas nos jarros, teu pai longe desse serviço fedorento, essas coisas, uma música que não incomoda, bem suave, sereninha, quase a falta de barulho no universo, não seria um acontecimento? — Ela corre para me pegar como se eu ainda fosse um menino. — Não é, meu enferrujadozinho, coisinha marlinda de mamã!

* * *

Quando bebe, meu pai fica falante, uma contação sem fim, tudo misturado, uma feira de passarinhos. Quando bebe demais, meu pai acaba chorando. Um choro alto, cheio de soluços, catabios, trepidações, aperreios, como o seu caminhão na buraqueira da rodagem.

Ele odeia saber desse choro depois. Sóbrio é seco como um cacto. Depende de lágrimas como o mandacaru de bênção chuvosa dos céu. Ou seja, nada. Quando chora, meu pai só se aborrece com as mulheres da casa. Menos com Ângela. Jamais com os homens.

Lá em casa são três homens e três mulheres e mais um que ninguém sabe direito como definir. Saber eu sei, falo agora pelos outros. Acham que ele é muito efeminado. É um inferno contra ele na rua e na escola. Azucrinam o seu juízo. Não só a molecada. Até mesmo os homens velhos atiram pedras quando ele passa.

Quantas vezes não voltei para o rancho sangrando por defendê-lo. No cinema de domingo, depois do faroeste, uma vez quase nos lincham.

O velho fica forçando a "ter jeito de homem". Ele tem jeito de homem. A gente também se pega, vez por outra, a tentar forçá-lo. Disse um dia pra ele que nunca mais brigaria na rua se continuasse afrescalhado. Me arrependi tanto. Tanto que no final da semana seguinte, na frente do cinema, mandei uns tiros de espingarda para afastar os filhos da puta que o azucrinavam. Era o único jeito. Não ficou um covarde pela frente.

Depois nós dois morremos de rir juntos. Porque, no meu abestalhamento com a arma, sobrou chumbo até no cartaz do filme O *dólar furado*, a grande fita com Giuliano Gema. Nem Pedro, o burro monstruoso, bíblico e forte, deixou de nos apoiar nessa hora, embora tenha nos traído nessa causa em muitas ocasiões.

O velho nesse dia bebeu muito e saiu depois atirando para cima da boleia do Big Jato. Meu irmão David se sentiu, pela primeira vez, protegido pelo pai.

Há a brutalidade natural do velho. A gente sabe muito disso. Não quer dizer, no entanto, que a gente não tenha momentos muito felizes da nossa maneira. A coisa mais linda é quando o velho traz presente da rua. Mesmo para quem não merece. Mesmo para quem tem vergonha do serviço dele no Big Jato. Mesmo para quem tapa o nariz quando o fenemê estaciona na frente do rancho.

Ele entrega o embrulho e eu, entre o riso e uma pontinha de ciúme, raiva, resmungo "Frouxos, idiotas, mal-ajambradas que não merecem porra nenhuma".

— Num diz que o pai fede? Por que esse abraço todo agora? — provoco os irmãos. — Pra ganhar presente é fácil, quero ver sentir o cheiro da merda!

Meu pai faz tremular a bandeira branca. Ele mesmo não aguenta tanta guerra, tanta desordem, tanta confusão e barulho no mundo. "Filhos pródigos", repito baixinho, "filhos pródigos lazarentos."

Nossa mãe também pede sossego. Do nada, pai faz um sermão impensável:

— Fede mesmo, mas é o dever cumprido, a melhor fragrância de um homem — ele diz e, mais estranho ainda, pelo menos para mim, que não havia testemunhado essa cena, dá uma piscadinha de olho para minha mãe.

— Prefiro o meu catalogozinho de perfumes e lavandas — ela responde, exibindo uma revista que recebe pelos Correios todo mês.

Minha mãe vende perfumes da Avon, contei não? Foi uma das pioneiras do ramo neste deserto e costuma estar mais cheirosa que os jardins suspensos de Esmeralda.

Jardins de Esmeralda, um roseiral que enfeita do chão à cumeeira da casa, uma mulher que guarda os maiores segredos de amor de todo este vale, amores dramáticos, uma flor para cada viúvo. Os jardins de Esmeralda sopram seus perfumes a quilômetros de distância. Os homens morrem de medo até do cheiro das flores da tal senhora. A maioria nem passa na frente da casa dela.

— Mas aquele imundo prefere as fossas — repete minha mãe para a própria Esmeralda. — Nossa família tão limpa, prima, e a sorte me dá um marido tão do avesso.

— Bença, mãe!
— Deus te dê juízo e um bom nariz para não seguir a sina do teu pai — aconselha a todos nós.

O perfume da vida do meu pai é o que ele chama solenemente de o dever cumprido. Consigo entendê-lo mais do que nunca. Chegar em casa com a sensação do dever cumprido, camisa suada, missão do homem na face da Terra. Mesmo que você ganhe a vida com porcos e fossas, caso do meu velho, é sagrado.

Meu pai chora, sim, quando bebe demais. Ninguém mente

chorando, penso. Foi chorando que ele me explicou a maioria dessas coisas.

— É a sangria da barragem do peito, meu filho — o velho me contou um dia. Um dia de tanta chuva, em um deserto que nunca chove nada, que até eu, apesar da leseira, entendi o bendito. Desde que me disse tal coisa, passei a sonhar com tucunarés, curimatãs e outros peixes de rio e açude, água doce, saltando do peito e da garganta do meu pai quando ele chora.

Como quando o açude do Penedo sangrava quando eu era menino ainda.

Adorava pescar com o meu pai, raros anos de chuva.

Traíras e lambaris.
— Uma puxada rápida e matreira!
É o que ensina meu pai.
— Matreira?
— Assim, ó! — explica o velho.
Faz barulho na água com a vara. Agora veio um piau.

A latinha de minhoca. Latinha de leite Ninho cheia de minhocas. Fico mirando o ninhozinho da lata da Nestlé, sempre gostei da figura: a mãe alimentando os filhotes na cama de garranchos.

Uma coisa puxa a outra ou a derruba. Como nos desenhos animados da TV.

— Pai, quantas léguas anda um pensamento?
— Filho...

Agora que sou um homem vejo que meu pai está cheio de peixes tristes por dentro, mesmo em mais um ano de seca. Peixes tristes, nunca podres, coloridos, peixes de briga.

Minha mãe detesta que o meu pai beba tanto. Minha mãe detesta quase tudo. Minha mãe odeia até os Beatles. Minha mãe odeia que eu já passe dos quinze e muito e continue morando na boleia com o velho.

Um dia quebrou os discos de vinil e jogou na latrina todas as fitas cassete do meu pai, inclusive os boleros de Bienvenido Granda, el bigote que canta, como dizia a capa.

Ainda bem que meu pai é dono do Big Jato. Tomou uns goles da sua Bagaceira Sete Mistérios Infinitos, novo batismo da aguardente Sombra Severa — ele fica modificando o nome das cachaças —, e desentupiu a fossa em segundos. Conseguiu recuperar algumas fitas cassete.

Minha mãe o amaldiçoou mais ainda.

— Sente, filho, como a nossa obra é mais cheirosa do que a dos nossos vizinhos, sente! — dizia o velho, bêbado, limpando nossa própria sujeira.

Minha mãe blasfemava, bem longe, no alto ali detrás da casa. Meus irmãos também correram todos, enojados, como se aquilo não tivesse nada a ver com eles, como se não tivessem estômago e reto.

Cada vez meu pai despejava o tanque de merda mais longe. Não sossegava enquanto o rádio não era bem sintonizado, limpo, sem voz cortada.

Eu gosto dessa viagem. Meus cabelos grandes de fora na janela do fenemê gostam mais ainda dessa subida. Acho que meu pai me acha parecido com o George Harrison. Eu acho muito seboso e feio o George Harrison.

Mas não gosto também do jeito do John Lennon, parece com o Eudes, o veado da frente do Cine Eldorado. Até os óculos redondinhos são os mesmos. Eudes bota os meninos mais bonitos e fortes de graça para dentro do cinema. Alguns já me contaram que eles têm que comer o Eudes depois. No mínimo Eudes chupa o deles, essas imoralidades. Eu nunca entro. Por causa da feiura, claro.

Odeio que o meu nariz se pareça, mas só um pouco, com o nariz do John Lennon. Mas sou ruivo, e lindo, e lisinho, é o que diz minha tia Matilde, que me consola e me banhava até dia desses. Ela me salva deste mundo bruto com suas mãos macias em todo o meu corpo.

Os colegas de escola zombam, sem respeito:
— Tudo que ele come, tudo que ele vive, vem da merda!
Meus colegas têm razão, todo mundo sabe que meu pai é dono do Big Jato, o caminhão que arrasta orgulhosamente um depósito de excrementos humanos em sua cauda longa.

Meu pai ganha a vida com a merda, odeio que meus irmãos fujam desse orgulho. Eu saio na boleia do caminhão, depois da escola, feliz da vida. Ao lado dele, um pai de responsa! O grande homem que limpa os subterrâneos da cidade. Uma fossa estoura, e lá estamos com o Big Jato e suas possantes mangueiras sugadoras.

Dos meus sete irmãos, só eu aprecio andar ao lado dele depois da escola. Só eu me orgulho e não canso. O mais novo, Erasmo, também leva jeito, acho que Erasmo não regula bem do juízo, diz minha mãe sobre o coitado, mais feio ainda que todos nós juntos. Erasmo tem um tempo diferente para as coisas, mas é crânio. Sabe o nome de cento e cinquenta países, todos os autores dos gols do Brasil em Copas do Mundo e é capaz de mandar um rosário sem fim com todos os papas e as respectivas datas de seus papados:

- Pedro (-67)
- Lino (67-76)
- Anacleto (76-88)
- Clemente (88-97)
- Evaristo (97-105)
- Alexandre I (105-15)
- Sixto I (115-25)
- Telésforo (125-36)
- Higino (136-40)
- Pio I (140-55)
- Aniceto (155-66)
- Sotero (166-75)
- Eleutério (175-89)
- Victor I (189-99)
- Zeferino (199-217)
- Calixto (217-22)
- Urbano I (222-30)
- Ponciano (230-35)
- Antero (235-36)
- Fabiano (236-50)
- Cornélio (251-53)
- Lúcio I (253-54)
- Estêvão I (254-57)
- Sixto II (257-58)...

— Para!!!

Meu pai não tinha paciência para ouvir o trinado sem fim do menino. Memória fraca, eu morria de inveja e ria daquela cantilena.

- Dionísio (259-68)
- Félix I (269-74)

- Eutiquiano (275-83)
- Caio (283-96)
- Marcelino (296-304)
- Marcelo I (308-09)
- Eusébio (309-10)
- Melquíades (311-14)
- Silvestre I (314-35)
- Marcos (336)
- Júlio I (337-52)
- Libério (352-66)
- Dâmaso (366-84)
- Sirício (384-99)
- Anastácio I (399-401)
- Inocêncio I (401-17)
- Zózimo (417-18)
- Bonifácio I (418-22)
- Celestino I (422-32)
- Sixto III (432-40)
- Leão I (440-61)
- Hilário (461-68)
- Simplício (469-83)
- Félix II (483-92)...

— Chega!!!
O velho ficava brabo só às vezes. Cansei de vê-lo exibindo Erasmo nos bares e bodegas. — Vem cá, filho, diz pra esses pinguços o nome de todos os papas da história.

— O papa caga, papai? — eu lembrava da minha pergunta na tenra infância.

Não sei como consegue guardar tanta coisa o Erasmo. Só sei que tem uma cabeça maior do que a caixa-d'água de Pedra de Peixe. É meio zé-doidim, como se diz por aqui, mas eu amo demais esse meu irmãozinho. Conversamos horas. Quando as coisas andam tristes aqui em casa somos nós dois que vamos para o mato chorar juntos. Lá nas pedreiras dos coelhos, lá em cima, onde ninguém nos avista nas furnas.

Foi Erasmo que descobriu o segredo dos filhotes dos urubus. Nas mesmas pedreiras lá do alto. Eles são brancos quando nascem e vomitam quando avistam seres humanos. Erasmo sabe também o nome de todos os bichos dos mares.

Sou filho do dono do caminhão mais famoso da cidade, ora, só me orgulho. Meu pai agora chega com sua equipe, ele e mais dois homens dispostos, às vezes três, depende da fossa, adentram as casas com a velocidade de bombeiro de filme, esticam as mangueiras quintais adentro, ligam o motor do carro, a merda avoa nos ares. Eu ajudo como posso. O velho vibra com aquela zoada da merda nas mangueiras. É o que vejo em seus olhos. Os mais metidos tampam as ventas, como se fossem melhores do que os seus intestinos grossos ou delgados. Duas, três horas depois, dependendo da fundura da privada, o serviço está pronto.

Os donos das casas ficam mortos de felizes. Podem cagar de novo à vontade. Mas nunca falam a palavra "merda". Nunca. Nunca olham o que fazem. É palavra proibida, como se não tivessem cagado nunca sobre a Terra.

Meu pai embolsa uma boa grana e parte para despejar a bosta alheia em algum aterro cada vez mais longe. Não só por causa dos Beatles, que sintoniza no rádio a quilômetros da sede do município. Aprecia também as resenhas de futebol, o time do Santos, o Botafogo, os alvinegros mais famosos do universo, diz. Gosta também do Bahia e do Náutico, que enfrentam com galhardia e honra — é o que também diz — os times do Sul Maravilha.

Em Peixe de Pedra o rádio pega quando bem entende, muito pouco, aqui o vento, nosso grande inimigo, é quem manda nas ondas. É preciso mesmo subir a serra para ouvir as coisas grandiosas e distantes. Meu pai adora a BBC de Londres, que retransmite em português e pega fácil, desde que em cima da chapada. Ele gosta mesmo das coisas explicadas, embora finja esse amor todo pelos Beatles. No máximo ele aprecia Os Trepidantes, conjunto brasileiro mesmo.

— *"Let it be"* é deixa estar, meu filho — ele aprendeu agora no rádio e se orgulha.

Até eu, leso de tudo, já sabia, papai. Minha mãe fica sem fôlego quando ele diz *"let it be"* e foge do bate-boca caseiro. Meu pai prefere não discutir nunca.

— Leribi de cu é rola — diz minha santa mãezinha, perdendo a paciência, embora seja uma mulher incapaz de dizer um nome feio, um palavrão que seja, nunca foi disso, ainda mais agora, cada vez mais das orações, cada vez mais do lado de Nosso Senhor Jesus Cristo. Nessa hora vira uma mulher mais grossa do que lixa de parede ou papel de embrulhar prego. Ela doida por um bom embate, para consertar as coisas da vida, e o meu pai *"let it be"*, ela na maior paz e o meu pai "a felicidade é um revólver quente".

— O que eu digo, papai, quando disserem que tudo que a gente ganha vem da merda?

— Enquanto houver cu no mundo... — responde meu pai, às gargalhadas, depois de jogar um gole de cachaça num canto da parede, essa é pro santo.

O ambiente parecia bastante familiar para o velho. A rapariga mais linda começou a me fazer carinhos. Eu fiquei nervoso. Tremia mais do que vara verde de marmeleiro ou canafístula quando florida e amarela. Meu pai passou a mão na minha cabeça, dando-me alguma segurança, como se dissesse "Vai lá, rapaz, chegou a hora de virar homem de verdade, seu fela, seu cabra".

Eu estava mais maduro. Aquele líquido branco, parecido com o leite do cacto coroa-de-cristo, tinha jorrado do meu pinto havia séculos. Meu pobre pinto até agora marcado pelo anzol de todas as interrogações deste mundo. No dia do grande jorro, pensei em Marcela voltando da aula. Shortinho cor de abóbora, miniblusa verde-clara.

Comecei pensando em Marcela, mas minha tia Matilde, por um ciúme maluco e inexplicável, ou por outro mistério do mundo das mulheres, invadiu minha vista e meu pensamento naquele justo instante, turvou os para-brisas dos meus oculões.

— Aii, titiaaaaa! — grunhi baixinho entre as bananeiras do riacho seco.

— Meu filho, você está entrando no maravilhoso e viciante reino da boceta — berra, inconveniente, o velho.

Meu pai estava bêbado, e pela primeira vez ouvi aquele termo cabeludo pronunciado com tanta convicção, com tanta força, sem a feiura das proibições de sempre. O mais comum neste vale é dizer priquito e não boceta, priquito, priquitim, como a gente pronuncia, mas ele enchia a boca com boceta mesmo. Fiquei vermelho como urucum, cabeça de galo-de-campina, encarnado.

Desde então acho a palavra mais linda do mundo, perdendo apenas para controvérsia, que também aprendi com meu pai, claro.

Boceta × Controvérsias. Um clássico. Fico até imaginando um jogo.

O garoto do placar do campo municipal correndo com o número 1 na mão... Gol do Controvérsias, o time visitante, Controvérsias 1 x × o Boceta.

A indiazinha do cabaré gostou de mim, gostou mesmo? Já tinha ouvido falar dela, vivia na boca dos meninos mais velhos, descabaçou a metade dos homens de Pedra, corria a lenda, vontade era o que não me faltava, porém uma vontade covarde, só pensada, de longe, diabo é quem prova. A índia gostou de mim, creio, a gente tem que acreditar em alguma coisa desde cedo sobre as moças. Mas cadê pernas e coragem para chegar pelo menos mais perto do sentido do gosto?

— Bem-vindo às mulheres e aos seus mistérios, filho, vai fundo, mas não conversa muito, não escuta o que elas dizem, mais fácil tudo isso virar mar de novo do que entender essa língua das pestes — discursa. — Enfia, geme, cala e pronto, vai embora.

A gorda no colo do meu pai ria descontroladamente. Vandinha Cara Lanhada tinha uma cicatriz na face, mas quase invisível, de tanto pó no rosto e no juízo.

Eu continuava tremendo, mesmo com a índia tentando fazer daquilo a coisa mais simples e natural do mundo.

— É só mais um menino que vira homem — diz, tranquila, falando às paredes. — O menino do velho. É hoje! — completa.

Pela primeira vez na vida dei um gole no copo de aguardente do meu pai. Engoli um pouco e cuspi o resto fora, o que me fez mais ruivo, vermelho e nervoso do que nunca. Que lugar é este para um rascunho de homem?

Casca de umburana com raízes da chapada. Receita de índio velho do tempo dos cariris, orgulha-se meu pai da sua cachaça Divino Tombo Para o Alto. O segundo gole desceu estranhamente macio.

— Tem bem a quem puxar o menino — disse a gorda mais linda, entre uma gargalhada e a tosse seca de cachorro magro.
— Agora sim tá virando homem, hora do batismo — disse a índia.
— Sangrou a barragem de todas as enchentes.
Ela tentou me puxar para o quartinho dos fundos; eu estava ainda mais amuado, e tonto, três goles na bagaceira do velho, o litro quase um assobio de tão seco. O desgraçado do meu pai querendo me fazer homem à força. Dizia que os meus irmãos eram machos, não tiveram frescuras, tinham saído à sua imagem e semelhança, vai, goitana, vai, infeliz, vinga, faz a coisa certa.

Comecei a chorar. De raiva, desespero e das comparações com os irmãos que haviam vivido a mesma experiência descabaçosa. Pedro, George... Para completar, o humilde membro não se mexia, não se pronunciava ali na moita, ainda guardado no ninho da meninice e da dúvida, rolinha no ensaio dos garranchos suspensos em ventosos galhos e dúvidas. Acuado pintinho sem honra.

O velho em tempo de me chamar de marica, baitola, perobo, fresco, qualira, veado, frango... Mais um gole, a índia me deu na boca. O mundo girou de vez. Ameacei fugir quando o velho foi ao banheiro. Não deu. A índia me pegou no caminho.

Desculpa, pai, eu te amo, eu disse, bêbado, quase vomitando na boleia, entre o banco e o ombro do velho, e a baba a escorrer pelo canto da boca, a baba a voar indecisa entre a falta de horizonte do para-brisa e os indecifráveis graus dos nossos óculos.
— Pai, odeio tudo que não seja contigo. No resto da vida durmo, esqueço ou sonho.
Era a volta para casa Deus sabe como.

No dia seguinte, brincava feliz na minha própria Olivetti com versos de fuleiragem do poeta Moysés Sesyom:

Isto ontem aconteceu
Debaixo da gameleira
Foi um tiro de ronqueira
O peido que a doida deu.
A terra toda tremeu
Abalou todo o Assu
Ela mexendo um angu
Puxou a perna de lado
Deu um peido tão danado
Quase não cabe no cu.

Gastei uma meia dúzia de folhas de ofício com versos de sacanagem e poesias fesceninas — coisas sempre ditas de memória, quase nunca assentadas no papel, talvez para evitar incêndios de livros e folhetos, meu velho mesmo dizia, quando muito bêbado, coisa para ser esquecida.

Eu já passava dos dezesseis, pelo que me lembro, mas meu pai me deu de presente, atrasado, a Olivetti dos sonhos. A máquina deve ter valido não sei quantos tanques de merda, a Lettera 22, ainda bem que não sou bom de cálculo nessa hora.

— Não, filho, só vendi uns porcos; você sabia que os porcos são mais inteligentes do que os cachorros?

Até aquele momento eu só sabia que eles fediam bem menos do que os excrementos dos homens e que estavam condenados na Bíblia Sagrada por Moisés, eu havia lido no almanaque *Juízo do Ano*.

— A lei de Moisés proíbe até que se coma a carne deles, pai, o senhor sabia disso?!

— Eu sei, filho, a lei proíbe comer; vender está liberado pelas tábuas sagradas, deixa comigo que eu me acerto com o Homem.

Meu pai era sabido por natureza, senhor de pouca leitura, não havia passado do terceiro livro de Felisberto Carvalho, coisa de primário do seu tempo. Dizia, orgulhoso, que a lição mais importante ele aprendera ainda na *Carta do ABC*, de Landelino Rocha, nas últimas páginas: "A PREGUIÇA É A CHAVE DA POBREZA". Ele é maluco por esse dizer, um verdadeiro mantra que mantém escrito bem grande acima da cabeceira da cama, na lameira do Big Jato e nas capas dos cadernos da sua contabilidade. Ouço esse lema desde que me entendo por gente. Nas primeiras vezes não compreendia nada.

"A preguiça é a chave da pobreza?"

Como assim, minha gente, a preguiça-preguiça, o bicho, abrindo portas para os desalmados bêbados dos casebres? Fazia mil exercícios com tal sentença, não queria perguntar e parecer mais burro ainda. Se eu não havia entendido nem mesmo o "Deus ajuda quem cedo madruga", imagina essa coisa misteriosa.

— Filho, a um homem de verdade bastam o segundo livro de leitura de Felisberto Carvalho e a tabuada completa — dizia, pedindo a atenção do meu olhar de menino leso.

— E os Beatles, pai, por que o senhor gosta tanto?

— Aí é poesia, filho, é música; cachaça, não serve para nada, é coisa para saber depois de encaminhado, patativices universais assaroeosas, minha criança — dizia, soltando mais um dos seus trocadilhos que eu amava.

— Pai, do segundo livro já passei faz tempo.

— Com essas escolas vagabundas de agora?! — rosnava feito o motor do fenemê nas ladeiras. — O segundo livro do meu tempo vale mais do que o ginasial completo!

Depois que me fiz homem, macho, ao modo dele, na cama

com aquela índia do cabaré que usava o mesmo perfume Avon da minha mãezinha querida, ganhei toda a confiança deste mundo. O velho me entregou o volante do caminhão pela primeira vez.

Foi lindo guiá-lo até em casa, devagarzinho, o fenemê bufando a cada catabio, a cada lombada, eu no controle da coisa, só via a estrada e catabios, esquecido de horizontes e poetas. Eu, eu mesmo, este menino que volta e se vinga, dirigindo a vinte quilômetros por hora, e o meu pai doido gritando da boleia:

— Comam e caguem à vontade, seus trastes, que o Big Jato vai limpar toda essa praga do Egito.

Era outro mantra do velho quando estava bem louco de cana.

Virou costume eu voltar ao volante, o que deixava o cara mais solto ainda para tomar umas bicadas no caminho.

17. Minha mãezinha com prisão de ventre

Muito tempo depois descobri que minha santa mãezinha tinha prisão de ventre. Talvez fosse isso que a deixava mais enfezada ainda com o ramo do velho. Ele vivia a limpar a inútil fartura dos outros, inclusive das outras mulheres, e ela naquela medonha escassez. Pior é que meu pai falava sobre o produto do seu comércio até na hora do almoço. Não entendia mais o seu ramo como sujeira. Ainda me olhava com aquele olho de gato-do-mato triste em busca da única conivência possível.

Todas as Marias riam. Todas as mulheres começavam por Maria lá em casa. O almoço do domingo era sempre uma caça especial, disso minha mãe gostava. Um tatu ao molho, nambus, codornizes, veados, capivaras, marrecos... Quando era ano de chuva, raríssimo, apareciam traíras, lambaris, tilápias, corrós, chupa-pedras, manjubas... Capotes, como chamávamos em todo o vale a galinha-d'angola, não contam como caça, eram coisa do terreiro do rancho, embora fossem também abatidos por espingardas. Capote com cuscuz, molhadinho, Nossa Senhora! Meu pai lambendo os beiços com a cachaça antes de pegar a minúscula moela no fundo da panela. Moela de galinha-d'angola é uma miniaturazinha de nada.

Morávamos meio afastados da rua, mas muito perto, como num rancho, as luzes da cidade refletiam no quintal lá de casa, porque meu pai gostava de ter um lugar cheio de criações, viveiros de aves, guinés, asas-brancas, codornas, quantos ovos caipiras, sustanças, patos num lago quase sem água, patas gordas, grandonas, preguiçosas, lama, bonitezas, cabritos que comiam até pedras, dois, três cavalos pangarés, um potro, duas, três vacas leiteiras, um chiqueiro cheio de galinhas para as visitas e porcos, muitos porcos, a gente limpa da cidade não tolerava o cheiro dos suínos, mas eram incontáveis os porcos nos chiqueiros gigantes na beira do riacho. Nosso outro afortunado ramo.

— Saibam vocês, minhas pequenas e ignorantes criaturas, que depois do macaco, sim, logo depois do macaco, o porco é o bicho que mais se parece em inteligência com o homem! — o velho repetia todos os domingos logo na terceira cachaça. De novo.

Eu achava que era o cachorro o mais inteligente, sempre acreditei nisso. Ser o melhor amigo não significa saber das coisas, viria a tomar conhecimento depois.

Os colegas da escola têm razão, agora consigo rir disso tudo: papai está ficando rico à custa de merda. Muito rico mesmo. É o que dizem. E mal sabem dos porcos, que fedem mais e dão ainda mais dinheiro. Nunca tivemos muitas coisas, agora, sim, somos ricos. À custa da merda alheia, fazemos troça na boleia.

Meu pai me ensinou uma boa resposta quando eles me provocam. Agora também é fácil, me defendo, o jogo é outro:

— Seus cagões, ou rifem seus cus, ou ficaremos milionários mesmo — digo e repito até ficar vermelho na minha galeguice de ruivo sem pelo. Mistura do que sobrou dos holandeses no semiárido com minha brava vó índia de Águas Belas, Pernambuco, com meu vô mulato da beira do rio Pajeú, sangue quente. Com meu avô do Exu, aqui da chapada dos pterossauros.

— Seus cagões... — digo e repito.

Meu pai me ensinou também a completar o raciocínio:

— Vocês nem sabem se livrar das suas próprias merdas. Os gatos, mais sábios, pelo menos enterram.

18. Cruyff!!!

O que meu pai mais adorava era ver gente comendo muito, empanzinando-se, como nos tempos de boas safras de arroz, feijão e milho. Comendo na rua, então, era um devaneio.

— Comam, miseráveis, comam! — gritava da boleia, bem alto.

E gente a comer espigas cozidas, pipocas doces e salgadas, assados, passarinhas de boi, como pobre come, dizia meu pai ainda, como comem os desafortunados, meu filho.

— Pai, por que pobre tá sempre com uma coisa na boca?

— É que acha que o mundo vai acabar, filho, vai acabar a qualquer hora, e quer chegar de barriga cheia ao inferno. Eu também era assim, meu menino, tudo era a guerra, qualquer chance, comilança.

— Pai, quanto tempo demora para que a fossa de uma casa estoure de tanta bosta?

— Depende do tamanho da família, filho, e do apetite. Essa casa aí, filho, arromba uma fossa três, quatro vezes por ano. Repare na gente roliça.

No que sai na porta um deles sorrindo, feliz da vida, mascando uma costela de carneiro, sebo a escorrer nos beiços, ano de fartura.

Até o cachorro era gigante, embora com latido fino, como quem sobe na vida e esquece que pode alguma coisa a mais na voz.

— Essa é a família que me dá mais lucro desde o começo do negócio.

Meu pai torceu pela Iugoslávia. Iugoslávia 0 × 0 Brasil. Copa de 1974.

Meu pai torceu pela Escócia, fez discursos sobre a água da vida, o uísque de primeira: 0 × 0. Mas depois veio o Zaire: 3 × 0. Jairzinho, Rivelino e Waldomiro, só deu Brasil.

Pelé não foi mesmo para a Copa. Já estava rico como o meu pai, ou quase, fazendo bem menos, só na perfumaria.

Brasil 1 × 0 Alemanha Oriental, os comunistas.

Brasil 2 × 1 Argentina. Rivelino & Jairzinho.

Holanda 2 × 0 Brasil. Meu pai foi à loucura.

NEESKENS E CRUYFF!!!

Disputa pelo terceiro lugar: Polônia 1 × 0 Brasil.

Meu pai rejeitou trabalho nesse dia. Uma fossa gigante. Meu pai queria ficar comemorando pelas ruas, mais pirraça que comunismo, como diz minha mãe, esse traste é do contra e nada mais, nem sabe do que está falando.

O velho buzinava noite adentro, celebrando a desgraça do Brasil.

19. Ana Paula

Ana Paula. Eu escrevia mil vezes esse nome na Olivetti Lettera 22. Às vezes com papel-carborno, para duplicar a devoção e a escrita, para guardar uma cópia para sempre, como na aula de datilografia, como na vida, como é bom guardar o dito pelo não dito, o eco no palato, o gosto de cada letra na língua.

Às vezes somente as iniciais: APAPAPAPAPAPAPAPAPPAPAPA-PAPAPPAPAP...

Eu havia ido à zona, não era de tudo um donzelo, mas nunca tinha assim, sabe, sentido a importância de uma mulher na paisagem. Era como se Deus, formalmente, me apresentasse a cria da nossa costela. Deus de barbas brancas, olhar compreensivo com os pobres moços, Deus saindo correndo lá da França, lá dos Estados Unidos da América, lá de Portugal e da Espanha, Deus largando coisas difíceis lá no Egito e nas Arábias para me apresentar o sexo feminino neste fim de rodagem. Deus veio aqui só para isso, eu pensava. Largou tudo.

Sim, eu conhecia mãe, tia, puta e irmã, mas isso não conta nessa hora. A primeira mulher, amadora, é aquela que te humilha, assim havia me falado, em segredo, o Príncipe Ribamar da Beira-Fresca, meu mestre, que amava Isabel por razões talvez semelhantes.

Não que fosse o propósito de Ana Paula a humilhação discorrida. Ela estava apenas cumprindo os desígnios da raça. De novo, ensinamento do Príncipe nas minhas oiças, meu guia genial do amor e da sorte. Ela não queria mesmo. Simples. Ana Paula, eu pronunciava com tanto gosto. Ela só no desprezo. Ela tinha nojo das minhas espinhas, eu achava. Ela preferia todos a mim, claro, inclusive o Pedro, meu irmão, sangue ruim, o mais bíblico dos traidores lá de casa.

Só não mato essa praga por um motivo: um irmão já matou outro e odeio copiar as parábolas — imagina a cara de satisfação do padre Cristiano na missa obrigatória do domingo seguinte. Mas claro que Pedro, bem mais bonito, já amassou Ana Paula na praça da Matriz, não guardo certas dúvidas no embornal da consciência. Os colegas contaram.

Sofro, digo, padeço, é o verbo novo em que presto atenção agora, Ana, embaralho-me, falo coisas horríveis para as telhas lá de casa. Como a palavra "amor", por exemplo. Alto lá, meu rapaz, galhofam as telhas, enfileirados dentes de barro rindo da minha cara, com os habituais morcegos dependurados no sótão. Risos macabros como em filme de terror.

Eu vou me matar por você, Ana Paula, fique sabendo, sua narizinho empinado. Um tiro de espingarda na boca. Lá na mesma vereda em que mato nambus e codornizes. Ninguém vai nem perceber que o estampido é por sua causa, de tão comum esse barulho de chumbo e pólvora ao sol poente.

Glauco bem que me avisou, meu novo e educado amigo de verdade, "essa menina aprecia outro tipo de garoto". Ela mal olha na minha cara, ele tem razão. Mandei-lhe um bilhete datilografado em vermelho e negro, mas não tive coragem de assinar o maldito, achei que estava dando pala, bandeira demais, me estendi nos detalhes... Depois, mandei o mesmo gênero de bilhete, só que assinado. A única resposta foi vê-la rindo em uma rodinha de amigas, certamente rindo da minha otarice amorosa, da minha falta de jeito para o mundo das mulheres. Para completar os meus azares, estou sem dois dentes da frente. Justo nesta hora em que mais preciso.

Isso conta, Glauco é quem diz, Ana Paula nunca olhou para um como nós. Como assim, nós? Tu és feio que dói, tu não vale nas comparações. Tudo bem, eu sou magrelo de não fazer sombra, ruivo, nariz sempre em impedimento, uma descrença humana, orelhas de abano, olhos de bola de gude, enfezado mesmo, mas Glauco, nem conto, um gazo, albino de tudo debaixo desse solzão incandescente, sivucoso, pascoalino, destreinado do reino, mal enxerga na luminosidade.

Sangue azul, rapaz, ainda diz ele, sorrisão de amigo do peito, nem aí para o que enxerga no espelho. Um cara tranquilo, sem alvoroço, mansidão humana.

Volto para casa e, com a folha ainda no carro da máquina de escrever, rasgo o papel no qual havia repetido, até furar o ofício, o nome da desalmada.

Ela não vai te querer nunca, dizem minhas irmãs e minha nova amiga, a primeira, Cândida — jamais havia feito amizade com mulheres.

Por que se gosta de uma menina?, eu pensava.
Por que só se gosta de uma a esta altura?
Por que eu preciso dela?
Por que não outra?
Ela tem alguma coisa a mais?
Qual o segredo do universo?

Covinhas, quaisquer umas, te mancas, miséria humana de homem.

Cada passo, uma pergunta, um guarda-chuva de interrogações invertido na seca.

Bem que eu teimei com a minha mãe para não arrancar aqueles dentes. Não teve jeito. Uma cariezinha de nada e todos perdíamos o sorriso logo cedo na cadeira de couro do sr. Cazuza, prático dentista, no meio da feira. Um estrago na boca, sangue no balde fervendo sob o solzão de sábado. Cuspíamos por uns três dias seguidos, buraco aberto na gengiva.

Aquela banguelice me custaria Ana Paula para sempre.

Nem o cheiro do Big Jato entrava mais pelas narinas. Eu só pensava na infeliz criatura. Agora sim a acusação familiar seria de verdade: eu era mesmo um poeta.

Para a confirmação orgulhosa da minha mãe e para o desespero violento do meu pai. O poeta, que palhaço.

Pela primeira vez na vida essa palavra fazia o verdadeiro sentido para o qual nascera. O sentido que já tinha havia séculos para a humanidade, até para a minha santa mãezinha, menos para este incandescido trambolho de carne e ignorância.

O velho, até então mais ou menos orgulhoso do filhinho que o acompanhava com fidelidade nas expedições do Big Jato, blasfemava, depois de tantos goles na aguardente com raízes de umburana, entre outras raspas de caules que guardavam sombras misteriosas:

— A boceta é o mal do mundo, um homem com cheiro de boceta nas narinas não progride, não faz mais nada que preste na vida.

O velho percebia tudo. Seu filhinho fiel da boleia estava embocetado até as ventas, mesmo sem sequer ter apertado a mão da rapariga, digo, da desalmada, da felicidade ambulante dentro daquela sainha azul-marinho plissada do fardamento da escola.

O cheiro de merda perdia a graça a cada nova fossa. O velho motor do Big Jato não dizia quase nada. Meu pai via o meu estado de homem entregue aos mistérios de uma fêmea. Não falava mais nada. Nem eu. Assim voltávamos para casa. Silêncio na boleia.

Foi assim que aprendi a gostar dos Beatles, sem o velho dizer nada, sem eu entender uma só palavra em inglês, mas sacando tudo, um certo estado de espírito, como diz o meu tio, o meu tio Nelson que tanta falta nos faz no serviço de alto-falante, com suas traduções, loas e mentiras. Um sertanejo ou um esquimó se emocionam do mesmo jeito, dizia ele, quando ouvem os rapazes de Liverpool.

"Ei, Jude, não fique mal, escolha uma música triste e fique melhor", Ana Paula me trouxe a compreensão de tudo e de todas as línguas, de todas as quedas e desajustes mais bestas.

20. Os gringos malditos

Tudo bem, eu não aprecio o pesado mesmo, o serviço, o braçal, a roça ou qualquer outro ramo que exija mais suor ainda do que a suadeira automática de caminhar debaixo desse ovão frito, branco e amarelo, sem novidade nos céus, tudo bem, dane-se quem me rogou pragas, não tenho culpa se Adão caiu na lábia de Eva, se fomos, por essa babaquice maçãzística ou bocetística, condenados ao trabalho etc., desculpe os palavrões, meu sobrinho, mas estou fulo mesmo, como nunca, repare adonde vim parar, meu jovem, antes o trabalho sujo do teu pai, repare que situação, meu querido, antes o casamento com aquela moça que deixei esperando na igreja, antes a napa metida nas mangueiras do Big Jato, você acha que tenho alguma culpa nisso, meu sobrinho, me diga, você acha?

Sim, meu lindo, você não tem nada a ver com a merda em que me meti, sim, meu pequeno e solitário amigo, que bom que veio me contar que é o mais jovem adepto dos Beatles, tudo bem que só a paixão te levou a esse mundo, mas é sempre assim, tudo carece de um estalo, uma luz, um motivo, que bom que lembrou do velho tio nesta hora de comoção com os rapazes, que bom mesmo, mas me conta, vem cá, em que momento bateu no cocoruto, que verso, que trinado, que música, que campinesco galo, não me diga que foi a maldita "Hey Jude", o grude, o chiclete em forma de canção... Aliás, me diga, lembrou da tradução desse pobre tio, que bom, como me sinto feliz de, de alguma forma, ter despertado esse novo vício, embora seja bem mais fácil com a primeira queda amorosa de um homem.

Meu querido sobrinho, como lhe agradeço pela visita, os miseráveis dos meus irmãos ainda não apareceram, nem teu pai, que está tão perto, mas não carece dizer nada a ele, você o conhece mais do que ninguém neste mundo, afinal de contas passou a vida naquela boleia com o desgracento.

Meu sobrinho, na volta cuide dos meus discos de vinil, da radiola, repare na agulha, procure o William Carlos do seu Waldemar, ele vai entender o drama, ele o ajuda a conservar os discos, é do ramo, faça isso pelo seu tio maluco que de louco não tem nada, só porque fugiu para caçar nambus e perdizes e deixou a noiva na porta da igreja?, só porque se recusava à suadeira dos homens comuns e preferia ficar mirando ao longe a perda de tempo e de vida dos caubóis locais?

A única merda que fiz, meu sobrinho, foi ter acompanhado aqueles gringos lesos, ganhando uma grana fácil, fingindo que traduzia conversa em leilão de puta, repare que tristeza, meu sobrinho, na hora em que a Polícia Federal chegou os galegos estavam me passando as merrecas, um punhado de dólares de nada, mas vai explicar direito as coisas neste fim de mundo, logo adiante eles compraram os agentes todos da capital e eu fiquei em cana sozinho, ainda meteram a porra de uma pedra de peixe na minha mochila, logo eu que odeio o diabo desses fósseis atrasadores das existências com esse passado que nos afoga no mar morto, logo eu que odeio ter vindo ao mundo logo aqui neste desamparo de sítio arqueológico.

O pior, meu sobrinho, é que não estou em uma cadeia, em um presídio comum, repare, o demo me mandou justo para uma penitenciária agrícola, aqui se trabalha feito um mouro, um condenado americano, um Caryl Chessmann antes do corredor da morte.

Perder a liberdade não é tão grave, o inferno é o trabalho. Uma desgraça, tente entender o que estou passando. O pior é que o radinho de pilha não alcança nem uma música que preste aqui nesta bobônica, desculpe, nem blasfemar posso, a sorte é que me dizem que poderia ser pior, mas não imagino adonde, me enquadraram como tráfico internacional de fósseis, que me prendessem pelo menos fora do país, em Londres, hein, que tal, meu rapaz, em Liverpool, algum canto do estrangeiro, menos aqui nesta desgraça. É um vento medonho gelado de noite, dentro de um brejo, no pé de uma serra mal-assombrada. Nunca mais traduzo nada para esses infelizes.

Cuida dos meus vinis, meu sobrinho, zela também pela minha reputação, só rindo mesmo dessa história toda. Na volta, mente: diz que eu continuo sem trabalhar um único dia na vida, combinado, meu querido?

Saber que estou preso não tem a menor importância, pouco me vale; a desgraça é tomarem conhecimento da labuta. Onde ficará a minha honra, o orgulho, a minha pregação permanente contra a suadeira forçada da vida? O trabalho danifica o homem.

21. Camões

Meu tio pediu também, por tudo quanto era sagrado, que eu desse continuidade ao seu programa sobre os Beatles na difusora. Fez uma lista de discos, sequência das faixas e alguns textos para mandar aos alto-falantes, incluindo a crônica da sua defesa.

Cheguei a assumir os microfones por três domingos seguidos, para o desgosto do meu velho e para a decepção da minha mãe, que me ouvia em patéticos e públicos pedidos de casamento à jovem Ana Paula.

— Além do mais essa menina é falada, duvido que ainda seja moça! — grunhia a boca materna durante cafés, almoços e jantares. — É bolida, seu besta, não é mais virgem, se brincar anda até nos freges, nos bregas do Crato e do Juazeiro, só o oco e os caborés cantando dentro, até na Glorinha já deve ter batido o ponto.

Senti que havia chegado ao limite quando ouvi minha gravação da "Carta aberta a Ana Paula", datilografada e lida para toda a cidade. Não podia ser mais ridículo em público, agora penso. Se eu fosse mais ajuizado, teria subtraído pelo menos o soneto de Camões, que vexame. Aquele do "amor é fogo que arde sem se ver, é ferida que dói e não se sente; é um contentamento descontente, é dor que desatina sem doer"... Foi o que aniquilou tudo mais ainda. A desgraça final e definitiva.

Como vou confiar justo em um amor de um poeta caolho que pensava mais nos mares do que nas mulheres? Ela deve ter achado muito cafona, peba de tudo, carta ridícula. Por que caí nessa?

Como assim é dor que desatina sem doer? É ferida que dói e não se sente?

Quando li esta última parte, o que me veio à cabeça foram aquelas perebas dos mendigos a caminho do horto em Juazeiro, subindo na direção da estátua do Padre Cícero. Feridas abertas e o zunido de moscas por cima, a festa sobre os restos. Uma coisa puxa a outra.

Tem que prestar mais atenção nas palavras, meu pai um dia me falou. Estava com a razão, mesmo nem sendo tão chegado a elas o velho sabia muito sobre causa e efeito. Às vezes a gente quer dizer uma coisa e faz lembrar outras, mesmo que a coisa inteira diga o que a gente quer dizer mesmo.

A vontade era nunca mais sair de casa, de tanta vergonha que eu tinha àquela altura. Fingi dores de cabeça terríveis e consegui escapar da boleia e da escola por dois dias, minha eternidade possível. No terceiro, o mais inesperado aconteceu. Meu pai, que nunca havia adoecido na vida, caiu de cama. Para esse homem amofinar é porque o fim do mundo está próximo, assim reagiam as pessoas, inclusive minha mãe, justo ela, minha fortaleza.

22. Sete Misérias Infinitas

O velho se estrebuchava, tentando se levantar de todo jeito. Nem com uns bons goles na garrafa de bagaceira Sete Misérias Infinitas, que era o bálsamo para tudo naquela casa no momento, se mexia o homem. Restava-lhe gritar palavrões incompreensíveis, maldizer as visitas, mudar o nome da cachaça a cada gole e recusar teimosamente os carinhos mais devotos da minha devota mãezinha.

Quando viu aqueles zolhões amarelos e as vermelhidões na pele, o farmacêutico Joaquim Barbosa, nosso tio-avô, arriscou o primeiro palpite: "O homem está com a febre do rato!".

Tomara que o velho esteja apenas corroído por essa desconhecida ferrugem que faz um filho de Deus aparentar ser mais infeliz do que outro. Torci para que fosse apenas a sina, o que era de menos àquela altura, além da corrosão do serviço.

O farmacêutico me chama até o caminhão, olha os tubos plásticos e faz uma cara mais feia que a de costume: "Ácidos de alta periculosidade, meu filho, mantenha distância".

O velho foi medicado e só me restava, diante do que acontecia, virar homem de vez. Mesmo contra a vontade da minha mãe, que tentou me tomar a chave até na ignição, pus o Big Jato na estrada. A sorte é que o velho sempre me deixava pegar aqui e acolá no volante, o que me garantia experiência necessária para enfrentar a situação. Era o único jeito de tocar o negócio. Não poderia amofinar naquela hora, mesmo tendo que enfrentar a vergonha diante de Ana Paula e de todos que ouviram a minha ridícula carta amorosa na difusora de Peixe de Pedra.

Poucos dias antes de adoecer, o velho havia me alertado para a entrada de um concorrente no nosso ramo. Em algumas pequenas cidades e vilas dos arredores, sabia-se da presença de um novo caminhão limpa-fossas. Teremos que suar em dobro, havia dito, o que para ele seria, da forma animada que disse, uma satisfação. Se tem uma coisa que não mete medo em meu pai são duas: o trabalho e os dias.

Peguei um ajudante, o José João, que já nos acompanhava havia um tempo, e fomos ao serviço.

23. O sétimo filho

Era muito maluco estar dentro daquela boleia sem o meu pai, mesmo que nas últimas viagens a gente não conversasse como antigamente. Dirigido por mim, guiado por Deus. Eu lembrava da frase do para-choque e olhava sempre de lado. No susto via outro menino, como numa sucessão de infinitas sombras.

O fenemê estancava, como se não aceitasse ser guiado por outro, embora do mesmo sangue. Como um cavalo que recusa um novo vaqueiro. Pensei na morte do velho e bati três vezes na madeira. Vade retro, velha da foice. Antes de levar meu pai vossa senhoria tem muito serviço em Peixe de Pedra e nos derredores. Vade retro, satanás de asas. Comece pelas criaturas que não prestam nem para semente. Vossa majestade agourenta sabe muito bem de quem estou falando.

Deixo uma sugestão, se é que a macabra dama me entende: que tal começar pelos lobisomens? Não me diga que não é da sua conta e governança esse bando de trastes. Aqui a moda de todo tarado ou ladrão é se passar por lobisomem e rondar poleiros e quintais. Em casa de mulher nova e bonita, então, é um mal-assombro para cada fase da lua. E o que tem de mulher safada que se aproveita da crendice, como estrebucha minha mãe nos seus sermões, é uma beleza. Também tem marido novo muito besta que ainda cai na fraude quando o calendário marca lua cheia, a lua das perdições. Mulher safada e marido cabaço. Enquanto tiver um e outro, o mundo está salvo, os casamentos duram mais, isso quem diz é o meu tio libertino e delinquente, lá de longe, sempre um eco.

Vez por outra, acontece, os lobisomens levam uma rajada de chumbo e se arrependem da metamorfose fingida a caminho de casa, lombo em sangue vivo ou sapecado de tiros de sal. Bem feito, gritam uns. Lobisomem mesmo, à vera, conta a minha mãe, apenas o rebento esquisitão de dona Bastinha, o Alan. É o derradeiro e único macho de uma série de sete filhos. Essa é uma das explicações que dão para a ocorrência sobrenatural. Esse não é por safadeza, coitado, dizem, é destino. Pode estrebuchar contra a sorte, não tem bálsamo que cure da sina. É autêntico. O que já criou uma lenda em todo o vale entre as mulheres que amam histórias macabras.

Alan é um donzelão que nunca viu uma fêmea pela frente. Cabaço de tudo. Nem no cabaré raparigou deveras, nem levado pelo pai, como no meu caso, o que é comum na nossa terra. Todas as sedentas por lobisomens ou algo parecido esperam, sonham com Alan, lobisomem autêntico, nas suas alcovas. Enquanto Alan não chega, elas aproveitam a vida com as marmotas que se fazem ou sonham ser criaturas com os mesmos poderes. Alan, para desgosto dos pais, não desperta para o lado pecaminoso da existência. Se soubesse o desejo que acende nas mulheres qual querosene Jacaré sem mistura em lamparina nova, minha nossa!

Tem lobisomem vagabundo que já chega no alpendre das casadas, ou das belas moças velhas que viram cinzas nos caritós, e se apresentam com honras, muito prazer, Alan, seu criado, seus desejos são ordens.

Esses bastardos tornaram-se uma tormenta para maridos e pais decentes deste vale.

24. A privada de ouro do Vaticano

Nunca havia entendido direito essa história de voltar para casa com a sensação do dever cumprido. Nunca mesmo, por mais que o velho falasse, por mais que fosse um eco zonzo repetido pelos mais antigos ainda, por mais que soasse como um zumbido de zangão ou a repetida cantiga das cigarras aqui dos pés de tamboril e algaroba. De tanto ouvir tal mote, entendi, voando, o significado completo quando encostei o orgulhoso e barulhento fenemê na frente de casa, na volta do meu primeiro dia de comando no Big Jato.

É uma hora diferente para um homem, não se pode negar. Creio que essa é a hora em que o homem vira macho de verdade, e não quando vai para a cama com uma mulher pela primeira vez. Forçado ou não, como diz o meu histórico.

Como no dia em que freei o caminhão na frente de casa. Quase não havia mais sol, mas quanta novidade debaixo dele, havia muito o que ser visto no escuro.

Sim, suor sob sovacos, a espinha dorsal igualmente suada e ereta.

Um sabiazão voa acima do capuz, lento e bonito.
Uma codorniz canta bem de longe.
Um cachorro se estira na calçada ainda quente.
Uma arca de Noé tenta entrar dentro do que sobra daquele dia mareado.
Um sapo se esconde não se sabe de quem a essa altura.
Um pinote na cacimba, tibungo, de uma rã ou de um caçote, o pulo ou o barulho da água por guardar segredos?
Passa uma cobra, não nos nossos pés. Bichinhos se mexem, lagartos, insetos e outros tantos sem ossos, e répteis, muitos rastejantes, agora invisíveis aos olhos do velho.
A chegada de um homem que acabou de ganhar a vida é sagrada. Um homem feito às pressas, quase ainda um esboço de homem, chegando ao seu rancho. Por isso os animais, os que rastejam e os que voam, comemoram em algazarra.

A chegada é divina. Só agora entendo a emoção do velho a caminho de casa. Certo dia perguntei por que ele estava tão eufórico na volta pro lar se mal falava com a minha mãe, se nem beijo, afago, carinho, cafunés, essas coisas, nem briga, nem infelicidade completa.

— Finalmente uma pergunta difícil, meu filho! — disse. — Logo tu que só perguntas na boleia sobre quem faz e quem não faz o mais banal e obrigatório fazer da humanidade!

— O papa também faz, papai? — lembrei de novo da minha primeira pergunta da nossa primeira viagem boleística, quanto tempo.

— Filho, desde essa pergunta não posso mais ver o papa que já fico imaginando a sua careta eclesiástica de prisão de ventre sobre o trono de ouro do Vaticano.

O papa talvez não cague, talvez seja bem parecido com minha mãe nesse sentido da existência.

— Nem na privada de ouro do Vaticano, pai?
— Sem controvérsia, filho, ouro do melhor quilate, a bunda murchinha e papal merece tal regalia, é justíssimo.

Nem o velho talvez soubesse por completo da lindeza de um homem voltando para casa com a sensação do dever cumprido. Talvez seja a única razão da vida, que não me ouça o meu tio vagabundo que agora se encontra preso, desgraçado querido. Preso não é a condição que o machuca. O pior é o trabalho. Logo o meu tio malaco que vivia dizendo que preferia dez anos de cadeia a um só dia de labuta. Coitado. Caiu na pior das prisões. "Em Alcatraz estaria mais sossegado", me disse ele durante a visita. "Papillon queria liberdade, liberdade para mim pode ser até detrás das grades, desde que não trabalhe forçado, isso é o que me mata."

Meu pai vai amar quando souber que o meu tio está no presídio agrícola, suando como Hércules.

25. A desgraça corrosiva

Na minha primeira volta para casa como homem-feito, dono do meu suor e fazendo do para-brisa do caminhão uma tela de cinema e de passarinhos, não tive a testemunha que mais importava: o velho, o batismo do velho, o ronco do motor do fenemê autorizando "esse agora é homem de verdade".

Dirigido por mim, guiado por Deus. Mal dá pra ler no para-choque de letras desbotadas.

Meus irmãos nem aluíram dos seus cantos. Minha mãe saiu no alpendre, mas para a minha mãe era como se fosse uma velha história que ela fazia questão que não se repetisse. Não queria para o filho a mesma sina, a mesma trajetória, melhor ir para o Exército ou fazer o concurso do Banco do Brasil, seu sonho.

Para ser mais sincero, minha mãe estava chorando. Eram dois os motivos, entendo: um homem que talvez nunca mais pudesse voltar a mexer com a merda; outro homem que começava a tomar gosto pela mesma desgraça corrosiva.

26. A Espanta Velha da Foice

Não adiantou mesmo fazer cara de honra para a minha mãe. Passei reto e direto e fui ao quarto do pai. Ele pulou num susto, embora prostrado.

— Que dia, hein, filho! — disse, pelo menos foi o que entendi do grunhido do velho.

Meu orgulho não demorou um minuto. O velho delirava sobre os nossos expedientes do passado.

— Este dia merece uma nova bagaceira, filho, pega a Desperdício de Deus, meu menino; melhor, pega a Espanta Velha da Foice, vamos fazer um brinde.

Meu velho era muito novo para o que estava acontecendo. Nem fizera cinquenta anos. Certo que chegar a essa altura era tido como longevidade naquele nosso mundeco. Papai queria brindar por um sonho que acabara de sonhar. Não soube contar o que sonhara, mas fez o correspondente barulho do sonho, sempre sem palavras, dramatizou com as mãos, foi algo parecido com uma guerra, estrondos, canhões. Contei do meu dia pioneiro, da primeira saída sozinho com o Big Jato, e ele, em febre, não compreendia mesmo o que se passava. Não neste meu plano terreno.

27. O amor e a merda

Preferia que Ana Paula não me quisesse pelo meu ofício, pela mesma razão que eu ficava sem turma na escola, pela mesma razão por que brigava dentro de casa com mãe e irmãos, preferia que odiasse o cheiro da merda e suas corrosões, que odiasse "o ruivo fedido do Big Jato", como os nossos amigos comuns me diziam.

As nossas amigas comuns contavam que talvez fosse esse o verdadeiro motivo do desamor da jovem. Quem quer ficar com um cara que passa o dia trabalhando com a merda toda da nossa pequena humanidade? Antes fosse essa a moral do desprezo. Expectoraria mais fácil do peito as secreções da incompreensão de um homem que ama perdidamente.

Resolvi acreditar na versão corrente. Por ela eu largo tudo. Inclusive o meu trabalho sujo, que faz parte das minhas narinas desde a infância. Levaria, com aquela decisão, a felicidade de duas mulheres ao mesmo tempo. Minha mãe e minha futura mulher. Por intermédio de Cândida, minha única amiga, fiz chegar a Ana Paula a minha vontade.

— Desiste, querido! — foi a fria mensagem que recebi de volta. — Ela simplesmente não te quer, sinto muito, com merda ou sem merda, tanto faz.

Miserável!
Bem que aproveitaria o velho prostrado e largaria o caminhão no meio de uma encruzilhada. Melhor, largaria num despenhadeiro. Soltaria o bicho sem freio na descida das Batateiras. Vai-te, satanás de rodas.
Minha mãe faria festa.

Como fiquei triste ao saber que a merda e o cheiro do Big Jato pesavam, mas não eram decisivos. Triste de saber que ela não ficava comigo porque me achava feio, imprestável, ponto, não batia com o meu jeito, com o meu desengonçamento no mundo, parece fura-barreira, um pato, ela contava às amigas. Fura-barreira é um pássaro horrível. Ela sabia das coisas e tinha razão em tudo.

28. Os ácidos

Meu pai foi melhorando lentamente. Aos poucos o amarelão dava lugar a um *dégradé* entre a doença e o gateado que ele sempre teve mesmo nos olhos. Só as mãos pioravam, abrindo sulcos. Por conta da corrosão, dos ácidos, das sodas cáusticas de que o velho fazia uso regularmente para se livrar da sujeira. Em parte para não chegar em casa com resquícios do Big Jato. Tudo para que a minha mãe, me contou ele já enfermo, não sentisse repugnância pelo seu homem.

Não contei a ela, óbvio, mesmo que isso representasse uma prova de amor e cuidado.

29. Os vaqueiros que morrem do coração

Meu pai nunca foi a um médico na vida. Como a grande maioria dos vaqueiros, caubóis e ignorantes da família. Os raros que foram ao homem de branco estavam à beira da morte, desenganados. Todos morreram do coração, porque só o coração pifava àquelas alturas mortais. Não havia outro diagnóstico.

Pela primeira vez naquele rancho havia uma proposta com a qual todos os sete filhos concordavam: fazer de tudo para arrastar o velho a um médico da região. Em Peixe de Pedra só havia o farmacêutico, e um clínico geral fazia uma visita por mês na prefeitura.

Ele teimava, ranzinza:

— Nem amarrado, desistam, assim vocês me deixam mais doente ainda.

O próprio farmacêutico também fez pressão à beira da cama. Inútil.

— A leptospirose está sob controle, praticamente sarada — diagnosticou o homem da farmácia. — Minha preocupação não é mais com a febre do rato, é com essa tosse e a dor no tórax; o uso de algum ácido mais forte pode ter causado também um edema agudo no pulmão, que Deus o livre.

Minha mãe se benzia mil vezes. O nosso apelo se intensificava. Sem jeito. O homem era teimoso, sabemos. Eu subia para rezar com o Erasmo nas pedreiras dos mocós, dos coelhos e dos urubus, lá no alto, como se ficássemos mais perto de Deus, era o que imaginava.

— Só se morre quando chega a hora. Até a velha da foice esqueceu de nós todos aqui neste fim de estrada, já repararam que tem velho aí só o cascabulho sem desterrar do planeta? — dizia o velho, quando a tosse dava um recreio n'alma.

Mesmo sem forças, botou para correr do quarto, à custa de brutalidade e palavrões, um trio de rezadeiras convidadas por minha mãe, que apostava em todas as crenças naquele momento.

— Vão rezar no inferno, agourentas! — dizia e enxotava as velhas cobertas de véus negros. — Que o diabo as carregue para as profundezas.

30. O Menino Jesus de Praga

Na doença do velho, tocava eu normalmente o serviço do Big Jato até o dia em que um chamado me paralisou o corpo e a mente. Não podia ser, justo naquela casa me estouraria essa fossa. Justo nesse momento, meu Menino Jesus de Praga, eu apertava o santinho com as duas mãos, força, meu Praguinha de tantas rezas, me proteja, quero meu crédito por tantas rezas.

Havia urgência, era um mar de merda vazante, como disse um dos mais rápidos moleques de recado da cidade.

— A bosta dá na canela, rapaz — agoniava-se o mensageiro. — É um destroço dos seiscentos diabos.

Pedi graças aos céus que nos protegessem, dei partida no motor do fenemê e cumpri o meu ofício. Havia herdado do velho a sensação de honra em limpar a sujeira mais profunda da cidade.

Quando cheguei em frente ao portão da casa, vi que a barra era pesada mesmo. Não havia sido exagero do moleque de recados. A merda boiava. Nem deu tempo de apreciar o retrato dela na sala. Sentei o braço, desamarrei as mangueiras, liguei o motor do Big, como aprendera, e me peguei morrendo de dar risada. Crise de riso mesmo, uma vergonha. Como se zombasse da bosta alheia, mercadoria pela qual eu tinha o maior respeito, o humaníssimo respeito, como me ensinara, nessas exatas palavras, o meu pai.

Graças a Deus ela não estava lá. Devia ter fugido diante da possibilidade da minha chegada ou diante do mau cheiro mesmo. Eu ria de forma abestalhada. Não continha a crise. Tudo começou quando avistei a merda boiando e intuí que um certo cocozinho bem esculpido era obra da moça. Só podia ser dela, a única mulher bonita da casa.

Vi aí o quanto estava apaixonado, perdido na vastidão amorosa, e ao mesmo tempo como ela, assim como o papa, era humaníssima. Ana Paula, Aninha da minha vida, eu recitava, cá com os meus botões poéticos da camisa volta ao mundo, mirando o cocozinho da gazela. Daí despenquei, ladeira abaixo, para a crise de riso sem precedentes. José João, o meu auxiliar, achou que eu estava ficando pinel, xarope, doido varrido.

Sim, o nosso primeiro amor, mesmo platônico, também faz, papai. Faz mais bonito, arte para bienais e exposições de Paris, nada malcheiroso, meu velho. Desembestei a rir e a chorar ao mesmo tempo, que foi preciso José João me levar para a boleia e terminar o serviço sozinho.

31. Os cascabulhos

Só uma coisa me fazia crer deveras que o meu pai não morreria tão cedo, apesar de teimar contra os remédios e a medicina. Se não morria mais ninguém naquele descampado havia muitos anos, por que haveria de perder a vida logo ele, bem mais moço e com mais merecimentos que os encruados cascabulhos?

Apenas as crianças partiam desta terra sem nem conhecê-la direito. Sabiam das coisas, dizia o velho todas as vezes em que encontrávamos pelo caminho um enterro de anjo, aquele caixãozinho azul minúsculo. Morriam antes de completar um ano, recém-nascidos, uns bruguelos, fiapos de gente, "pra que abrir os olhos diante dessa miséria?!", perguntava o homem do Big Jato, sabedor da resposta como poucos.

Alguns cascabulhos passavam fácil dos oitenta, dinossáuricas criaturas, nisso nos fiávamos aqui no rancho. Manoel Rodrigues, lembrou o George, está pegando o centenário. É conhecido em todo o vale como o homem que nunca tomou um banho na vida inteira. Para dizer que seu corpo nunca conheceu a água, houve de se molhar uma única vez, quando um raríssimo temporal o pegou desprevenido entre a roça e a choupana.

Todo menino da região que chorava para não tomar banho era chamado de Manoel Rodrigues pela mãe. Até os dez, onze anos, eu era um desses touros bravos contra a higiene caseira.

Prostrado na cama, contra a vontade e toda a sua força bruta, meu pai teimava em não minguar ou deixar-se corroer de vez. Assim voltou a ser um grande contador de histórias, faceta que ninguém lembrava mais por aquelas bandas. Reais, segundo ele, sem pilhérias ou anedotário. Pareciam mesmo realíssimas as narrações. Apenas uma não merecia o crédito da plateia composta de filhos e visitas. A fabulosa história que explica por que um cachorro quando encontra outro cheira e examina a retaguarda do respeitável semelhante.

Minha pobre mãe não aguentava mais os enredos, repetidos desde os primeiros dias do enlace amoroso, e ia rezar no quarto vizinho. Minha mãe não tem a mínima paciência para história falada e detesta igualmente os folhetos de feira — de tanto ouvir ainda do meu avô o caso do "Príncipe João Sem Medo e a Princesa da Ilha dos Diamantes", "A filha de um pirata entre a espada e a sorte", "As perguntas do rei e as respostas de Camões", "O romance do Pavão Misterioso", "O Reino da Pedra Fina"... Este último com Clark Gable na capa, o galã de *...E o vento levou* etc.

O velho conta sem o tal "Era uma vez". É coisa de mentiroso de nascença, renega tal prefixo. "Se era uma vez não é mais, e minhas histórias não acabam nunca", justifica.

— Eis que um certo dia, o Criador de todos os bichos e de todas as coisas do universo resolveu fazer uma festa no céu para celebrar uma de suas criaturas mais perfeitas, o cachorro, desenhado por Deus especialmente para ser o melhor amigo do homem. Convocou ao Paraíso todos os cãezinhos do mundo. Não foi tão difícil o chamado. Naquele tempo só existiam duas raças: cachorro de madame e o vira-lata, ou seja, cachorro de rico e cachorro de rua ou de pobre.

Alguém peida silenciosamente no quarto e meu pai interrompe a narrativa enquanto a molecada faz a sua guerra de acusações sobre a autoria do tresloucado gesto gaseificante.

— Seja quem tenha sido o responsável pela maldita ventosidade, ali na minha pocilga está mais cheiroso o ambiente a esta altura — cutucava o velho. — Mas vamos prosseguir, não vale a pena gastar a justiça dos homens com um inquérito infame para saber a autoria de uma venenosa e infantil flatulência.

Até minha pobre mãezinha, no cômodo ao lado, parou de orar seus versículos devido ao efeito do gás sarin emitido por uma das criaturas reunidas ao redor do meu pai. Foi brabo mesmo.

— Vamos esquecer os pobres e inocentes cus humanos e voltar ao fogareiro dos cachorros, que certamente são mais limpos e merecem mais respeito.

Minha santa mãezinha, mesmo tensa com o estado do marido enfermo, desandou em uma crise de riso nessa hora. Pensou: logo ele, que fez da vida uma carnificina tão fedorenta. Bem feito tal bufa!

— Eis que o Criador, como eu ia dizendo até ser interrompido por um misterioso menino-urubu comedor de carniça, reuniu todos os cães no Paraíso.

Voltam as acusações sobre a discutida autoria da gaseificação do ambiente, e o contador, que já não é lá de tantas palavras, perde a paciência. Expulsa todo mundo do quarto:

— Quem não sabe ouvir e calar por todos os orifícios não merece uma história completa. Que o diabo os carregue!

Privilegiado por tantas estiradas e conversas na boleia, eu já sabia a história. Prometi contar o final logo adiante aos meninos. Os meninos que não entendiam por que um homem que lidou a vida inteira com a merda concreta paralisa um enredo por causa de uma simples e invisível bufa.

32. As caveiras dos tubos e dos galões de ácidos

Os chamados para o nosso serviço começaram a diminuir bruscamente. O Big Jato passou uma quinzena, intervalo jamais ocorrido, entregue à ferrugem e ao calendário.

O velho coçava ainda mais as partes do corpo atingidas pela corrosão. Uma agonia medonha o desgastava mais do que qualquer tubo de ácido e suas caveiras estampadas na embalagem. Nem um chamado de Pedra de Peixe ou das cidades vizinhas. Inicialmente meu pai atribuiu a escassez à minha passionalidade. Haja sermão, sermões.

— A boceta é o mal do mundo, um homem com cheiro de boceta nas narinas não progride, não faz mais nada que preste na vida — repetiu. — É o maléfico cheiro, o mocinho está iludido.

Quem dera fosse o que ele estava pensando, respondi meio ríspido como nunca.

— Ou a humanidade parou de cagar de vez, ou o diabo dessa moça está fazendo você perder o prumo das ventas — dizia ele, nervoso, unhas grandes enterradas na cama.

Qual o quê, mal eu apertara a mão de Ana Paula. Beijo nem

mesmo no rosto. Chupava dia e noite a magra e gracilianíssima pitomba do desprezo, de um lado para o outro da bochecha, como se dançasse em boca de banguela.

Precisou um compadre do município do Exu, uma das cidades atendidas pelo Big, falar do estrago do novo e moderno limpa-fossas da área, que já atendia também Peixe de Pedra, tomando a nossa clientela.

— Faz o serviço sem deixar rastro de catinga ou merda no mundo — disse o portador da notícia, o Eudoro, amigo que o visitara. — Tudo novinho em folha, o caminhão chega a brilhar, um luxo para um lugar tão atrasado como este.

Por mais que fosse uma questão de concorrência e preço baixo, não havia razão comercial lógica que convencesse o velho. Percebia-se por sua carranca à prova de riso. De tão enfezado, nem tirou a onda que sempre tirava com o compadre. Costumava recitar um poema cujo pronome se misturava com a ação do verbo, coisa que ouvira no Recife, em uma cachaça no restaurante Dom Pedro, ouvira da verve do Antonio Portela. Morria de rir com tal broma:

EUdoro
TUríbio
ELEotério
NOStradamus
VOSconcelos
ELESbão!

Não foi remédio ou crença que alevantou meu pai de volta para a ignorância terrena. Foi o rádio. Mais precisamente na voz de Antonio Vicelmo, conhecido como "O Homem da Notícia", uma potência de credibilidade, da rádio Educadora do Crato.

Na sua entonação grave, anunciou que a crise internacional

do petróleo trazia consequências assombrosas para a então próspera economia do Brasil Grande. Vicelmo leu um telegrama das agências de notícias e depois explicou direitinho a crise braba: quem tivesse dinheiro debaixo de colchões ou em cofres que tomasse tenência. O dragão da inflação rosnava em todo o país, inclusive em nosso berço dos pterossauros gigantes.

O velho ficou bom na hora. Opa. Saltou da cama como um menino de quinze, dezesseis anos. Nunca guardara um centavo nos bancos.

Minha mãe:

— Você ficou maluco, quer morrer, filho de uma égua?

— Morrer eu sei que morro, mas não liso e pobre como vim ao mundo. Seria castigo demais da conta!

O velho atordoado sacudiu o colchão da cama e, um espirro atrás do outro, ajuntou logo as três fileiras de cédulas que tornavam mais altos a dormida e os sonhos. Depois correu nos dois cofres. Não lembrava nem o segredo dos números para abri-los e batia a cabeça na parede, de tão agoniado. Maldizia a humanidade, nunca foi de culpar nomes pontuais da política ou da ciência econômica, era só um grunhido contra tudo isto que está aí agora.

Dos vícios falar, não das pessoas. Foi o lema que aprendeu em uma missa ainda em latim. Não do padre Cristiano, de um mais antigo ainda da paróquia, o padre Lopes Gama, conhecido no Recife como Padre Carapuceiro.

Pegou o George, que estava dormindo, pelo pescoço:

— Me ajuda nas combinações numéricas!

Seus braços, corroídos, por pouco não saltavam fora do corpo. Uma vermelhidão, uns rasgos na pele, rachadura sangrando entre os dedos. Para completar a desgraça, uma tempestade fazia voar o dinheiro que empilhara no quarto. Justamente na casa que sempre viveu de janelas fechadas com medo do vento e das coisas de fora.

Por um milagre, e alguma sabedoria, George acertou o segredo do cofre. Morri de inveja, mas não como antes. Meu pai o abraçou como em um fim de filme de guerra quando a guerra acaba mesmo. Eu também estava torcendo para que tudo desse certo, a gente cresce, George já não era aquela ameaça, George não passava de um maconheiro da praça de Peixe de Pedra.

O velho pegou toda a sua fortuna, que não era pouca, e fez umas cinco trouxas gigantes com colchas de retalhos e colchas de chenile das nossas camas. Subiu no Big Jato feito um réptil que de repente avoa, vupt, olhamos espantados um irmão para o outro. O motor gemeu como nunca, dava para sentir de longe o cheiro da ferrugem e da espera por dias melhores, não sei qual de nós filosofou profundamente nessa hora. O velho cutucou a ignição com a sua marra, como quem amansa um burro brabo. E não é que o bicho pegou?

Zuummmpritzzzzrooonc!

Ainda bati na boleia para acompanhá-lo. Sem jeito, havia partido com a moléstia dos cachorros, velocidade da luz do dia sobre todas as coisas, um raio encoberto pela poeira da rodagem. Os enferrujados se entendem, ainda praguejou a minha santa mãezinha sem compreender o acontecimento. No fundo, ela estava amando a doença do velho. Nunca ele esteve tão perto da sua costela e longe do fedor do mundo.

No impulso, minha mãe pegou uma pedra compridona e talhada que o velho guardava debaixo da cama, fóssil como quase tudo ali nas redondezas, e esmagou o nosso rádio ABC, A Voz de Ouro, a culpa era do rádio.

Deu noite alta e necas do ronco do fenêmê a caminho do rancho. Nada de volta. Éramos todos anzóis de interrogações boiando no caldo quente à beira do fogão de lenha. A cozinhar também nossos miúdos juízos em labaredas. Nem Antonio Passos e sua bicicleta, cuja sombra a lua e os cães perseguem na frente de casa, apareceu por ali nas noites seguintes. Se passou, tínhamos outras preocupações e pesadelos, jamais acordaríamos.

Aquele donzelão de chapéu sou eu ainda, a pedir colo e penico. O galo no poleiro chama para dentro do sonho e do relógio. É difícil dormir direito. Teria sido o velho roubado e assassinado em cima da chapada, onde os brutos escondiam os corpos de crimes desse quilate? Deus que me livre de uma má hora dessas. Eu especulava, mas sem dar chance ainda para que o assombro fizesse eco nas telhas altas da casa. Não conseguia pregar o olho. A rasga-mortalha arranhou de novo a telha. O velho teria ido à única agência bancária da cidade, local onde nunca pisara na vida? Não fazia sentido. Sempre se recusou a guardar dinheiro nessas instituições. O gerente do Banco do Brasil, o sr. Alencar, seu amigo, insistiu séculos, sem êxito.

Teria ido embora de vez, morrer bem longe? Do jeito que é teimoso eu não duvido. Se bem o conheço, o orgulho de não se vergar a ninguém, nunca, mexia mais com o velho do que qualquer outro susto. Não morreria, porém, da forma miserável como veio ao mundo. Morrer ladeira abaixo, última banguela da existência, na descida da chapada do Araripe, descambando em Nova Olinda, tudo bem, não é uma situação para se descartar de vez. Vejo até as cédulas voando como arribação ao poente.

Poderia até morrer bem antes, em uma bela noite em um frege, embora não fosse mais o piolho de cabaré de outrora. "Filho, o melhor lugar para um homem decente dar fim aos suspiros é no colo de uma rapariga", ele me disse na inaugural visita ao puteiro, quando perdi a virgindade com a indiazinha mais decente dos trópicos. "Não é no colo de uma mulher honesta e santa como a sua mãe, saiba disso."

Eu lembrava.

Pode muito bem estar torrando o dinheiro no cabaré, antes que o tal do dragão inflacionário o engula com a sua língua de fogo. Nunca vi meu pai ser generoso com outro tipo de criatura. Um mão de vaca na rua, pirangueiro; um franciscano na casa das moças, quengas, raparigas saltitantes qual passarinhos sobre a batina marrom do santo de tal causa.

Eu especulava e nada de cerrar as pestanas.

Todo mundo se deitou e ninguém dormiu no rancho naquela noite. As molas das nossas camas executaram uma sinfonia desesperada, como se chorassem com a gente; as redes nos armadores rangiam notas de pressentimentos. Corujas e rasga-mortalhas nas telhas. O açoite do vento incomodava sobretudo minha mãe. O vento sempre lhe trazia as piores notícias, o agouro.

No que em sentinela estava, saltei da cama com os bem-te-vis. Antes do sol, rastros a caminho da cidade. Bati bodega a bodega, Maria do Leite, Zuza dos Ovos, o posto de gasolina, padeiro, marcenaria, cabaré de Glorinha, rendez-vous de Ladylaura, casa dos parentes e até João Remexe-Bucho, o mesmo que João Pé de Pato, foi submetido ao interrogatório.

— Os homens partem — disse ele com seus quatro olhos no infinito. — Os que carregam desgostos à casa tornam.

Poderia não servir para o caso do meu velho, mas era uma certeza.

— O senhor não vai embora nunca, ao contrário de quase todo mundo por estas bandas? — perguntei a João Remexe-Bucho.

— Vou e volto todo dia, sem carecer gastar uma pataca, agorinha estava retornando da Babilônia, não me adaptei a tanto luxo — respondeu com seriedade. — Vi o seu pai, sim, passou não sei quando por aqui, cada vez mais a sua cara, é a lei magna da natureza.

* * *

Noves fora a lógica de João, ninguém dera conta do sr. Big Jato atravessando a cidade na véspera, como se fosse possível o manjado caminhão, cada vez mais barulhento e sucateado, passar sobre aquelas pedras sem ser percebido.

O sr. Alencar, o gerente do banco, estava em viagem de trabalho. Nenhum dos funcionários, no entanto, noticiou a presença ou passagem do velho no estabelecimento.

Zonzo, deitei no oitão da igreja, tirei um cochilo na laje. Por um momento, o velho a me cutucar naquela parte da caveira que dá mais cócegas, "Acorda, acorda, acorda, vagabundo, isso são horas, passarinho que não deve nada a ninguém já está acordado há séculos, levanta, lazarento, filho de uma égua".

Apenas o solzão na cara, o de sempre, desnovidadeiro e sem respostas. Sonho. Para completar o meu entojo, o novo e moderno limpa-fossas da região passa rente às minhas pestanas. Da calçada alta da igreja, mesmo deitado dou de cara com o idiota da boleia. Com um ajudante ainda mais paspalho na alça. Desentupidora Pigmalião 70 em letras cor de laranja. Nome de novela e corte de cabelo da moda.

Como se não bastasse o meu desgosto com o mundo, creio ter visto Ana Paula, também de passagem. Nunca deve ter me visto em pior situação. "O infeliz esfarrapou-se por minha causa", deve ter pensado. Tem alpiste de melhor sustança para uma fêmea? Segundo o meu velho, é tudo que elas desejam, nos ver em farrapos, uns trastes. Claro que ela não deve ter me visto, mesmo que tenha arregalado as jabuticabas que dançam nas piscininhas daqueles olhos. Quem dera a minha miséria humana tenha lhe causado toda a piedade deste mundo. Seria o melhor dos começos. Quem dera.

* * *

Uma verdade me intrigou no diálogo com João Remexe-Bucho:

— Tem uma dor medieval que faz um homem ganhar o mundo sem maiores explicações — disse ele.

— Que diabo de dor é essa, astronauta? — perguntei, do modo que meu velho gostava de tratá-lo, por causa das réplicas de foguetes.

— A dor de dente, meu menino, a dor de dente, meu pequeno Big! Basta uma dor de dente profunda para que um homem seja capaz de tudo, até matar gente sem motivo. Pedra nos rins também não é lá dor que nos adule a paciência.

Como ele sabe disso, pensei, coçando os piolhos e os milhões de lêndeas da desconfiança. Imaginava que só eu, ninguém mais neste mundo, soubesse do caso. Nem eu mesmo, aliás. Se o velho não tivesse confessado com detalhes depois, repetidamente bêbado, teria certeza absoluta que ele tirou a vida do miserável.

Tentei entender a intriga, a história da confusão, o ódio. Ele me disse apenas: "Foi uma dor de dente, filho, esquece".

Nem tanto o solzão na cara, é o de menos. Isso aqui em nossas terras é vertigem conhecida, imagina se saíssemos matando por causa de qualquer incandescência, seríamos os maiores assassinos desde o salto do ventre.

O caçador atravessava a pista com embornal de nambus e codornizes mortas.

"Nem pensei em frear, filho, o dente latejava pus", havia me contado o velho.

Foi no primeiro dia em que fui na boleia com meu pai. Eu

cochilava naquela hora. Quando acordei, o velho estava na beira de uma lagoa, jogando água no para-brisa ensanguentado.

"Umas avoantes se chocaram com o vidro, sempre acontece, você sonhava", me disse ele na ocasião. Havia, à vera, sangue e penas colados em toda a frente do fenemê. Eu ainda com as babas do sonho nos cantos dos beiços. Sonhava que uma das minhas irmãs Marias me presenteava com um travesseiro de penas, juro. Meu pai havia matado um miserável.

Agora sim as raparigas do cabaré estavam acordadas e preparavam o almoço. O cheiro de cominho, tudo aqui nesta hora cheira a cominho, seja em casa de moças virgens ou de mulheres bolidas. A primeira que avisto é a indiazinha que havia tirado meu queijo do juízo, meu cabaço. Enferrujada pelo tempo, mas linda como sempre, sorri, levanta os olhos embaçados pela gordura da caçarola, na qual frita umas aves, e percebe, como só uma índia é capaz, o que estava acontecendo à minha volta.

— Não me conte nada de ruim, primeiro se achegue, pois daqui você só sairá outro homem — disse, misteriosa. — Mais leve do que saiu da outra vez, a primeira, embora não percebesse o peso que havia tirado dos ombros.

Abanou o fogão de lenha, quebrou uma perninha seca de juriti na boca, entornou um gole de aguardente, sabia por que eu estava ali àquela hora.

— Seu velho volta!
— Como sabe o que procuro?
— Se eu não conhecesse olho de macho, a esta altura estava morta para o meu ofício e para a vida.

Tentei dizer como lembrava até hoje daquela noite em que ela me fizera homem.

— Não carece agradecer o que qualquer outra faria naturalmente. Foi apenas o destino, aquele dia e hora.

Pedi algo para beber como um vaqueiro, sem o pai de olho, determinado a entender por que os homens entornam o cantil da coragem diante de qualquer poeira que atrapalha as vistas. Ela parecia dizer "Tu não tens idade para isso, calma, não seria melhor um copo de garapa, água com açúcar para acalmar o rapaz?".

Queria como homem e teimei como menino.

— Então toma, desgraçado, talvez tenha mesmo chegado o teu tempo. — Ela riu bonito.

Desci uma aguardente atrás da outra.

Agarrei a indiazinha, forte; ela reesquentava as juritis, no que meus óculos esfumaçaram com o calor não somente do fogão. Agora sim eu a pegava de jeito, paudurescência, um rabo tão grande, meu Deus, mais parecia que todas as chuvas, Noés e dilúvios de tanajuras haviam migrado para aquela bunda. Rocei com o que havia de rola possível para tamanho latifúndio dorsal. Eis a vida, me veio esse dizer no vento. Nunca a gente alcança a profundidade. Seria isso a chamada metafísica de que tanto falava o professor Gideon, sempre tentando eriçar o tergal da minha calça?

Entorno outras e outras mais, mastigo juritis, donde me vejo agora em uma sesta no colo da índia, ela faz cafunés, pergunta coisas para as quais não consigo respostas imediatas, cochilo no meio do entendimento, escuto o ronco do Big Jato, estrebucho, quase pesadelo, ela "Calma calma calma, meu menino", mão na minha cabeça, bem no coco, subindo detrás das orelhas, que calmaria naquele momento, nada mais se bole no mundo.

— Sua puta miserável, acha pouco o muito que já levou do meu homem?

Era minha pobre mãe, não imagino que horas da noite, blasfemando na frente do ambiente raparigueiro.

— Agora quer levar o começo do novo homem nosso?
Donde arrastou esta pobre alma pelo que havia de maior e mais concreto no ensaio de mancebo: as orelhas, claro. Minha mãe havia ido àquele cabaré, no brega, crente de que surpreenderia meu pai na maior das indecências, torrando seu dinheiro na luta contra o dragão inflacionário comedor de números, como havia dito o locutor do rádio.

No terceiro dia do sumiço do homem, tentávamos todos, mãe e filhos, parentes, amigos, ser mais racionais. Se não apareceu até agora, se não temos notícia de morte, se não havia feito a loucura possível de torrar a fortuna com as moças de vida fácil, se o desespero não se fizera cadáver, havia esperança e não urubus. Vamos botar um anúncio nas emissoras de rádio do Crato e do Juazeiro, as mais ouvidas em todo o vale, foi uma das primeiras decisões conjuntas.
Minha mãe escreveu:
"Nota de desaparecimento. As famílias Sá, Carneiro e Oliveira comunicam o sumiço do sr. Francisco Nihildemar, mais conhecido como O Velho ou o homem do Big Jato, residente no rancho Decote do Horizonte, nos arredores de Peixe de Pedra. O velho trajava camisa colorida e calça bege, óculos esverdeados com armação dourada, fundo de garrafa, barba por fazer, fios brancos no bigode e na fronte... Era uma besta fubana, deixou para trás uma mulher que o amava como ama os filhos que deu a ele com toda a graça. Se retornar à casa terá mais amor ainda, senão terá sido o seu destino, a sua escolha, belzebu dos infernos [...]."
Era bem mais longa a mensagem. Foi caro o anúncio. Quando os locutores leram, principalmente Antonio Vicelmo, na rádio Educadora, nem eu mesmo acreditava na coragem de mamãe diante daquele quadro de desgraças. Pela primeira vez me sen-

ti muito orgulhoso dela. Que redação própria. Como escrevera aquilo se mal falava? Quer dizer, se mais rezava do que falava? Sabedoria de quem lê a Bíblia, pensei, sabia das palavras lá no seu silêncio de fala.

Quando já dávamos o pai por alma do outro mundo, quando imaginávamos onças e depois urubus da serra do Araripe sobre sua carcaça, como narravam nossas tias mais otimistas, eis que a esperança mínima ressurge de onde menos imaginávamos — pelo menos eu não imaginava. George, justo o calculista, o matemático, nos trouxe do Lar Espírita Todos os Amigos da Chapada uma iluminação, como ele dizia ao me abraçar na volta para o rancho. Rimos e choramos falando das nossas divergências, dos chutes na canela na boleia, do modo ranzinza do nosso velho etc. Nem sabia que ele frequentava tal centro.

— O pai está vivo — celebrava George.

E nada mais me disse, sorriso enigmático e feliz. Só nos restava buscar juntos, no sótão, nos labirintos do velho, no mato atrás de casa, de novo, nos murunduns, nas catrevages da sua oficina, entre ratos, porcas e parafusos, quem sabe dentro de alguma garrafa da aguardente Visagem do Tempo Desmentido, a mais rara e escondida das aguardentes.

— Nada não, mãe, mas estamos no caminho certo para encontrá-lo.

A mulher do nosso pai acordou justamente no momento do brinde, percebeu que tínhamos boas notícias, mas não deste mundo ainda. Da cozinha ouvíamos o trinado das orações maternas, um trinado sem fim noite adentro. Fui para o terreiro do rancho com meu irmão e repassamos algumas histórias, discordâncias, a lua crescente, acendemos uma fogueira, rimos como nunca, mesmo diante daquele sofrimento, talvez por acreditar, mais ele do que eu, na vivência do velho. "Tu parece ele, não acreditas em nada, te juro, ele está vivinho da silva e rindo mais ainda de nós todos!"

Eu só acreditava que estivesse vivo porque o velho saiu abraçado na sua fortuna. Daria um tiro no coco ou se jogaria sem freio na descida da serra das Batateiras se voltasse a ser o miserável que era.

Sete dias se passaram sem nenhuma notícia. Nem pelo rádio. Como não havia cadáver nem prova da morte, por mais que minha mãe teimasse em acreditar no desaparecimento do corpo em cima da chapada, o que era óbvio nos crimes da área, nada poderíamos concluir do sumiço.

De cismar mais ainda à noite, eu pensava: meu pai é muito esperto para cair em qualquer arapuca ou truque.

Vemos o velho ao longe.

— Eu não disse? — George deu um salto.

— Será ele mesmo?

Vem chegando sem muito barulho. Um trote econômico nos pisares. Hoje sem sopa de tamancos pelo caminho.

— É o tio Nelson, papai uma ova, uma gota serena — diz desapontada uma das três Marias, creio que Ângela ou Soledade. Das Dores não era, jamais.

No lusco-fusco, só os três cachorros deitados na terra quente da frente do rancho enxergavam. Não é latido para desconhecido, pensávamos juntos, pelo que via na cara de todos.

— Sinto a pele dele a quilômetros. — Nossa mãe deu a certeza nas narinas.

O velho vai dizer coisas, prepare-se, é ele mesmo.

Depois que o Big Jato estacionou, como se fosse o último suspiro daquele motor, mais três caminhões bufaram seus freios. O velho não diz nada. Não nos toma nem a bênção. O velho vai tangendo os suínos para a beira do riacho seco onde estão as suas criações inicias de porcos, quase nada diante da nova manada gigante. Os homens que vieram com ele, nos caminhões, ajudam, os porcos descem das carrocerias com a solenidade de animais descendo da arca de Noé depois do Dilúvio.

Minha mãe se benze seguidamente. Seu homem está vivo. Quando miro direito, minha mãe larga:

— Por que esse miserável volta mais sujo ainda, é? É sina?

Em pouquíssimo tempo meu velho tinha uma das maiores fortunas do vale. Superou, com a compra de cabeças de porco, toda a voracidade do dragão come-cédulas. Toda a moeda que possuía investiu em suíno. Só ficou um tanto revoltado porque a pedra esquisita que guardava sob sua cama havia sido parcialmente destruída por minha mãe. Na agonia da saída do velho de casa, ela a quebrara sobre o rádio, o qual culpou pelo sumiço.

Mesmo assim aquele pedaço de crânio de dinossauro seria vendido. Não pela fortuna que meu pai imaginava. Apenas por um punhado de dólares. Tudo feito com a ajuda do tio vagabundo, que havia saído da prisão e entendia de rolo com os gringos.

Com o retorno, os pirralhos que rondavam o rancho insistiam para que eu cutucasse meu pai sobre a história da festa dos cães no Paraíso. Aquela história interrompida por um desatino ventoso de um dos nobres ouvintes. Não houve jeito. Eu mesmo, privilegiado por já tê-la ouvido centenas de vezes na boleia, concluí para os moleques.

Antes de entrarem no céu, os cachorros foram obrigados a deixar seus cus, os fiofós, aí incluídos os rabos, em uma espécie de guarda-objetos, chapelaria etc. Não seria de bom-tom, e esse foi o entendimento do cerimonial do evento, que chegassem a um lugar tão limpo e sagrado com os suspeitos traseiros, mesmo os cãezinhos de madame.

No auge, no melhor momento da farra canina no Paraíso, deu-se um banzé, uma confusão dos diabos. Um vira-lata se estranhou com um pit, e foi a luta mais feroz que o próprio Deus havia testemunhado até então. Noé, também presente e mestre de cerimônias da tertúlia, revelou que nem mesmo na sua arca a bicharada aprontou tanto. No rebuliço, uma guerra canina, a cachorrada saiu correndo em direção à portaria. No alvoroço, cada um pegou o fiofó possível, o que estava à mão ali no momento.

Daí, amigos, até hoje, quando um cão encontra um semelhante, a primeira coisa que faz é cheirar o traseiro alheio. Tentativa de encontrar a sua particularíssima retaguarda, uma vez que cada um pegou o ânus de outrem.

Por mais que fosse dedicado à criação de porcos, meu pai sentia falta do Big Jato na ativa. Não confessava a ninguém, nunca foi dado a admitir fraquezas. Ao seguir os passos dos seus resmungos, ouvi, escondido no mato, o que parecia lamento mal engolido. Aposentaria o serviço até o Natal. Queria fazer minha mãe feliz por um tempo, embora a pocilga gigante também a incomodasse.

Não se converteram no casal mais amoroso do mundo, mas passaram a trocar algo além de muxoxos e barulhos incompreensíveis. Um escambo mínimo de palavras sem alteração de voz. Reparava nos dois e pensava como seria meu destino com as mulheres. Grosso como meu velho, nunca, impossível, com isso não se preocupe, Ana Paula. Falava sozinho como que dialogando com a primeira e única paixão até ali nos meus dezessete anos incompletos.

Livre do serviço sujo do Big Jato, achei que finalmente havia chegado o dia e a hora do grande acontecimento, me vi ingerindo a aguardente da coragem, a que ignora toda e qualquer realidade em volta, e me dirigi à casa paterna, o lar do futuro sogro, com a intenção legítima de pedir a mão da moça em casamento.

Alguém bem mais apessoado e da graça da pretendente chegara primeiro. Quando ainda gaguejava para tentar demovê-la, na praça da Matriz, Ana Paula simplesmente me mostrou o dedo dourado do compromisso. Não foi preciso uma só palavra. Ceguei diante daquela alumiada aliança sob o solzão dos trópicos.

Passei três dias e três noites chorando e sem comer, sozinho no mato, até que meu tio me achou, em uma de suas caçadas. Primeiro fez sinal de silêncio, psiu, havia uma juriti na mira. Depois do pipoco certeiro do cartucho, abriu aquele sorriso, assobiou uma canção e me amparou no peito, como um filho que lhe fazia falta. Ele sempre foi contra o acasalamento. Sabia, como toda a cidade e arredores, do motivo do meu sumiço. Não me deu lição alguma sobre suas descrenças amorosas e distraidamente me conduziu de volta para casa. Falou apenas da sorte de completar a coleção de discos dos Beatles. Era tudo que importava na sua vida. Havia encomendado a um gringo traficante de pedras de peixe. Em troca o inglês levou embora um fóssil raro, raríssimo, uma pedra com a imagem do pedaço de uma árvore.

Quando apareci na frente de casa, meus irmãos caíram na galhofa. Soltei uns bofetes e safanões, saí no tapa com George e fui me esconder no quarto. Nem minha mãe acenou com a chance de colo ou cafunés. Foi o justo tempo para meu pai achar o relho de couro cru e castigar meu espinhaço até ficar em sangue. Bateu tão forte quanto batia em seu próprio lombo naqueles momentos de autoflagelo e penitência.

Todo mundo sabia da minha derrotada humilhação diante da moça.

— Aprenda a ser homem, seu fraco, seu frouxo. Puxou a quem, ao seu tio, àquele maconheiro efeminado? — berrava. — Puxou à família da tua mãe, àquele bando de retardados?!

Como castigo, decretou que eu sozinho daria comida aos porcos durante um mês inteiro. Meus irmãos, que dividiam comigo a tarefa, riram como uns demos agradecidos.

O trabalho duro não representava quase nada diante do castigo maior do desgosto que me dera Ana Paula. Nas descidas para a beira do riacho seco, onde ficava a maior pocilga do mundo, eu me areava todo, o reflexo daquele dedo dourado me fazia perder o caminho, o prumo, só conseguia enxergar a aliança dela, compromissada, brilhando gigante em todo o infinito.

Tentei escrever alguma coisa à máquina, presente do velho, para aliviar o juízo. Quem disse que estava permitido? Ele rasgou brutamente o papel ainda em branco e quebrou a Olivetti no cimento vermelho de casa.

— Poeta! — berrou com o relho na mão de novo. — Se um de vocês pegar esse desalmado escrevendo à mão, por favor, pelo amor de Deus me avise. Corto os dedos dele. Prefiro perder um filho para tudo nessa vida, até para morte mais injusta, menos para a poesia. Isso não é ramo de homem.

Nem à mão nem à máquina.

Com a corda, o incentivo dado pelo tio Nelson, que se encontrava preso por causa da participação como laranja de negócios de estrangeiros com fósseis, o rapaz aqui cumpriria a missão de ser "um homem do mundo", um cosmopolita — o sonho não realizado do tio, seu repetido e confessado desgosto naquela grota sem futuro. No delírio do tio, eu talvez resolvesse por ele a frustração que guardava. Não era homem para morrer naquele cu de mundo, dizia sobre si mesmo. Temia, porém, me soprava baixinho com medo que algum passante ouvisse, ser forçado a algum trabalho por brutamontes das capitais. Ou pelos próprios vagabundos de convívio. Até nas comunidades hippies, lembrava, há uma certa divisão de tarefas.

Cabia a mim, na sua viagem mental, cumprir o destino para o qual ele não não fora vocacionado.

Nesse momento definidor do destino pude perceber como andei dividido entre a força bruta do meu pai e o delírio do meu tio, os dois gêmeos mais iguais e diferentes do universo. Um afilhado de Apolo; o outro, de Dionísio.

Um homem ideal talvez fosse a mistura da prosa de um com a poesia do outro. Tomando pelos livros, o velho seria o Graciliano Ramos e o poeta seria o Vinicius de Moraes sem vista para o mar.

Sempre estive no mundo da boleia e do velho. Picado pelos besouros de Liverpool, descobri o amor. Ou descobri o amor e daí os Beatles. Pode ser. Não tenho mais essa ordem clara na cabeça.

Agora me encontro mais parecido com meu tio. A ponto de realizar com as minhas pernas um sonho que pertence mais à cabeça dele. Minha inteligência ficou nervosa. Há uma traíra que se estrebucha, incandescente, no chão rachado do açude.

O desprezo de Ana Paula fossilizou precocemente o miocárdio deste rascunho de homem.

— Mentalize, meu rapaz, você não está fugindo de uma mulher. Você está se livrando de um lugar — cutucava meu tio.

— Não merece herdar esta miséria que grudou o seu pai na terra e fez de mim uma avoante imóvel.

Fora de Peixe de Pedra talvez eu precise mais dos defeitos do homem que me fez. A coragem é a maior das heranças. Meu pai havia contado, na última viagem no fenemê, que havia me feito em cima de sacos de milho no sótão. Em ano de muita chuva e fartura. Ele não cita minha mãe nem ao contar essa história.

Estranhamente minha mãe também desejava que eu me mandasse. Nem precisei dizer nada a ela sobre o assunto. Pescou dos meus olhos.

— Não bote papel-carbono na nossa sina, meu filho — soprou. — Vá!

Confesso que isso me doeu. Ela disse secamente e abaixou a vista para regar a onze-horas plantada em uma lata de óleo de cozinha. Como se não sentisse a minha partida. "Vá." Esse monossílabo me enfezou por anos.

Somente outro dia, tirei a limpo. "Seu besta, não poderia desencorajar naquela hora, queria que fizesse a vida longe do azedume do velho", ela disse. "Me acabei de sofrimento, mas saudade não bota panela no fogo."

Depois da surra que me deu, creio que meu pai também adivinhasse, pelo silêncio revoltoso, o meu desaparecimento. Até João Pé de Pato sabia: "Nem a lua é mais tão longe", recitava quando passei pela última vez entre os foguetes de papelão dele.

Os loucos de Peixe de Pedra, aliás, me disseram, cada um ao seu estilo, algo sobre a partida, como se fosse um carinhoso adeus. "Viajar é perder lugares, mas só de vista", filosofou o Príncipe Ribamar da Beira-Fresca.

Maria Caboré: "Lá fora também é sujo, mas talvez seja mais limpo". Maria Caboré é o que há de mais parecido com o velho neste sítio fantasma. A negra doméstica passou a vida livrando os mais afortunados das moléstias. Uma heroína da limpeza contra o cólera. Assim como o Príncipe, mantinha um amor impossível: o sonho dela era casar com o rei do Congo. Topava qualquer sacrifício por essa causa. Os perversos diziam: "Engole esse pedaço de vidro que ele vem casar contigo". Ela comia cacos de garrafa. Comia bola de gude oferecida, com o mesmo propósito, pelos meninos.

Tetê Segura-o-Bode bateu a lata de goiabada vazia no quengo três vezes e me aconselhou igualmente: "Amor é como a placa do fiado, só amanhã". Entendia do assunto. Ficara louco por causa de Esmeralda.

Treinei mentalmente várias vezes a fuga. Voltava à penitenciária agrícola, visitar o tio, e ele me falava por horas de técnicas de caronas, riscava a rota em um velho mapa, dizia onde ficavam os melhores postos de gasolina repletos de caminhoneiros. Planos de quem já havia pensado para si mesmo tudo aquilo. Seus olhos mareavam de emoção ao traçar meu caminho.

— O que me resta agora é a desgraça desta cadeia infame — dizia, mas sem atrapalhar toda a aula de "ganhar o mundo" que me dava. — Prisão tudo bem, você sabe que não me incomoda tanto quanto ter que trabalhar nesta desgraça.

Era tudo muito preciso no planejamento que o frustrado vagabundo da família havia traçado para o sobrinho querido. Ele descrevia até o impacto das luzes da cidade sobre os rios no horário da minha chegada. Nunca havia posto os pés e muito menos os olhos no Recife, o destino inicial que me reservara. Dali um navio para fora do país. Meu tio lia toda semana o noticiário sobre a chegada e saída das grandes embarcações em várias capitais do Nordeste.

Depois de me passar o verdadeiro "Guia Kerouac de cair na vida", assim ele denominava o plano e eu não fazia ideia de tal batismo, voltei para casa com um badalo no juízo. Sim. Não. Sim. Não. Medonha dúvida. Em uma curva, vingava o sim; na seguinte, o estrondoso não, como a buzina do Big Jato me chamando para o rancho de nascença.

Frouxo, fraco. As palavras do velho também ecoavam, me perseguiam por todos os lugares. Eu tentava ensaiar alguma revolta contra o pai. Era muito fácil, porém não conseguia. Ele tem razão, eu meditava pelo caminho. Frouxo. Fraco. Poeta. Minha vida é aquela boleia, concluía, para que viajar mais, correr perigo à toa, se meu mundo sempre foi a estrada, nunca rotina.

Mas eu deveria cair fora. Pelo menos por honra. O que é honra? Cabeça confusa. Frouxo. Fraco. Ana Paula. Poeta. Até que veio uma risada, do nada, quando lembrei do título de um livro que minha mãe vendia junto com os perfumes da Avon. *Só o vento sabe a resposta*. Não lembro o nome do escritor agora. Ri sozinho pela estrada e comecei a tentar ouvir o vento.

Retorno ao terreiro do rancho, jamais em sonho, parece que foi ontem, e o velho está inutilmente mexendo no motor do Big Jato. Fico perto. Calado. Ele nem olha. Também seria impossível conversar debaixo daquele barulho de cigarras. O velho e o caminhão, sozinhos debaixo também de um sol que morre como um braseiro no poente da chapada do Araripe.

Subo na boleia, como se fosse a nossa rotina de tempos atrás. O velho também toma o seu lugar ao volante. Só olhamos um para o outro com um sorriso besta. O velho, por teimosia, tenta dar a partida. O motor enferrujado rosna feito onça, geme, o Big Jato estrebucha, sem sair do canto, pela última vez.

33. A borboleta de Papillon

Volto para o rancho com aquelas interrogações todas na cabeça, interrogações ainda iguais aos anzóis e aos cabos de guarda-chuva, como na infância, e eis que, do nada, como na risada, aparece no meu caminho o Príncipe Ribamar da Beira-Fresca. Sem que eu dissesse qualquer coisa, ele prega:

— Amar, filho, não é coisa para a gente querer troco — disse, com seus gestos de artista de filme. — Amar é particularidade, luxo de quem inventa, não espere esmola de volta.

Como o Príncipe sabia de Ana Paula? Ah, não carecia ser profeta para saber o que eu havia soltado até no programa da difusora. Importante o que disse a realeza. Ele não espera nada, muito menos o amor verdadeiro da princesa Isabel, para quem manda cartas há séculos. Achava que ele sofria mais com esse amor não correspondido.

— Se eu quiser ganho de valia, me enfio com o diabo a cavar botijas de prata, filho — emenda o Príncipe.

Botijas eram os pequenos tesouros enterrados em todo o vale. Potes de moeda de quem temia saques de bandoleiros ou trapaças de parentes. Desenterrar uma botija, porém, significava ter que enfrentar imagens do demo e todos os mal-assombros dos infernos.

Chegaria ao Recife, sete dias depois, seguindo a trilha imaginária do meu tio, os planos, as estratégias, o mesmo sonho. Seguiria com aquele plano de fuga que ele desenhara na prisão, plano que incluía a tábua das marés recortada dos jornais, o traçado de rios e pontes, movimento dos navios do estrangeiro, tudo em forma de rabisco ou colagens em uma caótica cartolina cor-de-rosa.

— Só se perde se for aluado — deu o alerta, segurando firme no meu braço esquerdo. — Quem dera eu fosse jovem e tivesse essa chance.

— O melhor é chegar à noite, mesmo que tenha que se demorar mais quando estiver próximo. É só evitar algumas caronas ou facilidades. De Triunfo pra lá é moleza. Logo, logo, serra das Russas, uma só descida, depois Vitória de Santo Antão, aí até a pé um homem-feito você consegue chegar bonito.

Esperaria o dia morrer para caminhar para dentro da noite, as luzes sobre os rios, da rodoviária, no cais de Santa Rita, arrastaria a mala sem rumo certo, seguiria as águas...

Um pouco adiante veria o cartaz *Papillon*, o filme, entraria no cinema São Luís, esquina da avenida Conde da Boa Vista com a rua da Aurora, história baseada em fatos reais é mesmo outra coisa, sofreria, suaria, que saga, Steve McQueen é Henri Charrière, o herói dos nossos sonhos, o homem da borboleta tatuada.

Será que Papillon escapará da temível Ilha do Diabo, até então à prova de fugas? Viver é fugir do claro para o escuro e do escuro para o claro.

1ª EDIÇÃO [2012] 2 reimpressões

ESTA OBRA FOI COMPOSTA PELO GRUPO DE CRIAÇÃO EM ELECTRA E
IMPRESSA PELA PROL EDITORA GRÁFICA EM OFSETE SOBRE PAPEL PÓLEN SOFT
DA SUZANO PAPEL E CELULOSE PARA A EDITORA SCHWARCZ
EM ABRIL DE 2016